Die Tramperin

Psychothriller

Vorgeschichte zu der Cold-Case-Donau Reihe
um die Geschwister Hanke & Hanke

Die Autorin

Natalie Schauer liebt es, hinter die Kulissen und Fassaden der "heilen" Welt zu blicken. An jeder Ecke entdeckt Sie Geschichten und Abgründe, die Sie dann zu Papier bringt. In Ihren Büchern geht es um pure Emotionen, um die ungeschminkte Wahrheit, um die tiefe Dunkelheit in jedem Menschen.

Natalie Schauer wurde am 20. November 1985 in Niederbayern geboren. Nach einer klassischen Ausbildung zur Hotelfachfrau und einem Auslandsaufenthalt in Neuseeland hat sie 2010 mit dem Schreiben von Sachtexten für das Online Portal Suite101 begonnen. Schnell entwickelten sich eine große Leidenschaft und es entstanden mehrere Kurzgeschichten und Romane, die nun auf Amazon nach und nach veröffentlicht werden. Sie reist für ihr Leben gerne und arbeitete unter anderem in einem Waisenhaus in Ghana. Ihre Erfahrungen auf den Reisen bringt Natalie Schauer ebenfalls zu Papier.

Deutsche Erstausgabe August 2019

Natalie Schauer
Kurpromenade 9
94236 Thyrnau
E-Mail: Natalie.schauer@gmx.net

Covergestaltung: Benisa Werbung
Bildquelle: © CanStockPhoto//ollyy
© 123rf.com//loganban
Lektorat/Korrektorat: Andreas März

Klappentext:

Der schlimmste Tag deines Lebens beginnt JETZT!

Auf einer verlassenen Landstraße beginnt Hauptkommissar Christian Hanke mit seinen Ermittlungen und stößt bald an seine Grenzen. Denn die Suche nach dem vermissten Säugling

Adam wird zur Zerreißprobe. Die Aussage seiner Mutter Sophia Keller stößt dem Kommissar von Anfang an sauer auf und er begeht einen Fehler, der ihn sein Leben lang nicht mehr loslassen wird.

Während Sophia über Jahre hinweg ihren Sohn sucht, lebt eine andere Frau, Kirsten Berger, ein privilegiertes Leben. Bis Sophia und sie sich begegnen und für Kirsten ein Alptraum beginnt.

Zwei Frauen kämpfen um die Wahrheit, die jede zu kennen glaubt. Doch was ist die Wahrheit und wie weh wird sie am Ende tun?

Dies ist die Vorgeschichte zu der Cold-Case-Donau Reihe um die Ermittler Hanke & Hanke.

Die Bände können unabhängig voneinander gelesen werden.

Weitere Veröffentlichung der Autorin:

Kein Weg zurück – Kurzgeschichtensammlung

Zerrissen – Charlotte-Stuart-Thriller

Bittere Rache - Charlotte-Stuart-Thriller

Liebestanz – Kurzgeschichtensammlung

George: 4 Brüder - Gemeinschaftsprojekt

Tödlicher Plan - Psychothriller

Mord im Eis - Thrillerdrama

Mordsgeheimnis - Drei-Flüsse-Krimi

Mordsvertrauen - Drei-Flüsse-Krimi

Mordseifersucht - Drei-Flüsse-Krimi

Mordsverlust - Drei-Flüsse-Krimi

Das Narbenmädchen - Psychothriller

Totenbett - Psychothriller

Todespaar - Cold-Case-Donau Band 1 (August 2019)

Todesblock - Cold-Case-Donau Band 2 (November 2019)

Weitere Informationen:

Die in diesem Roman geschilderten Ereignisse und Figuren sind frei erfunden. Personen, ihre Handlungen und Äußerungen sind frei erfunden und in keinem Fall als Abbilder lebender oder verstorbener Personen gedacht. Ähnlichkeiten sind rein zufällig und unbeabsichtigt.

Hanke und der Start der Suche

Christian Hanke

Hanke war fast vierzig und auf dem Höhepunkt seiner Karriere, als er mit einem neuen Kollegen durch die bayrische Landschaft fuhr. Links und rechts Wald, in der Mitte eine Schnellstraße. Er schloss während der Fahrt die Augen, denn er hatte nicht geschlafen. Erst gestern hatte sein Team einen großen Fall abgeschlossen und er war danach in seiner Stammkneipe versumpft. Hanke zählte im Moment zu den besten Ermittlern im Grenzgebiet zwischen Deutschland und Österreich, er löste große Fälle und hatte eine extrem hohe Aufklärungsrate. Beliebt war er allerdings nicht, eher gefürchtet. Für seine herablassende Art, seinen bayrischen Dialekt und seine Härte. Er liebte seinen Job, aber langsam merkte er, wie er die Taten der Mörder nicht mehr ausblenden oder gar vergessen konnte. Er versank im Sumpf aus Blut und Horror und spürte, dass er so nicht mehr lange weitermachen konnte. Nicht nur seine Ehe war gescheitert, sein ganzer Freundeskreis bestand nur noch aus Ermittlern, genauso kaputte Typen wie er selbst. Es dämmerte, als sie an der besagten Tankstelle ankamen, Streifenpolizisten waren schon vor Ort, er kannte diese Szenen. Er wusste, was das Mädchen behauptete, und bezweifelte es vom Moment an, an dem er es gehört hatte. Als er sie nun sah, in eine Decke gehüllt, wusste er, er hatte sich nicht geirrt. Sofort leitete er die Suche ein, obwohl sie hinter ihm keifte und schrie. Sie hätte ihr Kind nicht getötet, nicht alleingelassen. Nein, sie war unschuldig, rief sie immer wieder, und keiner glaubte ihr. Er nicht und sonst auch niemand. Mit Hunden und Schaufeln zogen sie los. Es ging um ein Baby, also mussten sie schnell sein, falls es denn noch lebte, was er schwer bezweifelte. Das Mädchen, dessen Hand er nicht einmal schüttelte, hieß Sophia Keller, war achtzehn Jahre alt und trug blau gefärbte Haare, ein Piercing in der Nase und hatte schwarz lackierte Nägel. Sie war betrunken und stand vermutlich unter Drogen, wobei sie langsam wieder klar wurde. Sie war panisch, hatte Angst und hörte ihm nicht wirklich zu. Er hätte sie am liebsten geschüttelt und geohrfeigt, dieses dumme Gör.

Wieso in Gottes Namen log sie und dachte sich so eine haarsträubende Geschichte aus? Wieso gab sie es nicht einfach zu? Umso eher könnte er den Fall abschließen. Er hatte so wenig geschlafen, dass er selbst kaum richtig denken konnte. Wäre er klarer gewesen, hätte er seine eigene Theorie schnell angezweifelt. Die anderen taten es nicht, weil man ihn, Hanke, nicht kritisierte. So war das.

»Was sagen die in der Tankstelle? Hat wer was gesehen?«, schnauzte er seine Kollegen an.

»Niemand, kein Auto, nichts. Sie tauchte panisch auf, schrie herum und dann sind wir gekommen. Die Tankstellenmitarbeiterin behauptet, es sei kein Auto vorbeigekommen«, was für Hankes These sprach. Also machte er sich, bekleidet mit einem braunen, langen Mantel, einer Cordhose und einem altmodischen Hut, ab in die Wälder. Er wollte sofort zu einer Hütte, die diese Sophia Keller angeblich aufgesucht hatte. Dort würde er anfangen. Als er durch den Wald stapfte, die anderen Beamten mit ihren Stöcken das Laub herumwirbeln hörte, sah er zum Himmel hinauf, der nun langsam hell wurde, die Sterne verabschiedeten sich. Hanke ahnte, es würde wieder ein stickig heißer Tag werden, ohne einen winzigen Lufthauch. Aber der Mantel und der Hut mussten sein, er ging nie ohne aus dem Haus, weder im Sommer noch im Winter. Er hörte die Musik und das Gegröle der Feiernden und riss die Tür zu der heruntergekommenen Hütte auf. Zigarettenqualm kam ihm entgegen und entsetze Blicke trafen ihn.

»Hey! Was will der denn?«, hörte er und packte den Halbwüchsigen am Genick, der auf ihn zukam, und zerrte ihn hinaus. Hanke schmiss ihn zu Boden, war nicht zimperlich, wie immer. Schlagartig wurde es still in der Hütte, die Musik verstummte.

»Hey, Mann, cool down, ja?«, sagte der blonde, am Boden liegende Typ, dessen Augen beinahe aus den Höhlen traten. Drei weitere Jugendliche standen nun vor der Hütte und sahen sich fragend um, keiner konnte mehr einen klaren Gedanken fassen, das war offensichtlich. Wie er sie hasste und zugleich so gut verstehen konnte. Der schnelle Rausch, das Vergessen, die Welt hinter sich lassen, für wenigstens einen Moment. Das wünschten sich doch alle, aber ein totes Baby entschuldigte das nicht.

»Kennt ihr Sophia Keller?«, fragte er und musterte alle vier, das Mädchen zuckte mit den Schultern.

»Wieso?«, kam direkt von dem Blonden am Boden die Gegenfrage, was Hanke erneut auf die Palme brachte. Er war noch allein, die anderen suchten zunächst den Teil um die Tankstelle ab, also konnte er seine Aggressionen an dem Kerl auslassen.

»Kennst du sie?« Während er das fragte, half er dem Kerl unsanft auf die Beine.

»Ja, Mann. Sie war hier, wir kennen sie, wieso?« Der Junge klopfte sich den Dreck von den Hosenbeinen.

»Hatte sie ein Baby dabei?«, fragte Hanke und wandte sich nun direkt an den blonden Jugendlichen vor sich. Die anderen waren keine Hilfe: Einer lag am Boden, die anderen starrten Löcher in die Gegend.

»Adam? Ja, sie hatte Adam dabei, ihren Sohn. Sagen Sie mir nun endlich, was das Ganze soll?«, wollte der junge Kerl wissen, der Hanke an sich selbst vor zwanzig Jahren oder mehr erinnerte.

»Wie heißt du?«, fragte er ihn und machte

einen auf Versöhnung.

»Stefan, aber alle nennen mich Struwel.«

»Ist sie gemeinsam mit dem Kind hier weg?«

»Jaaaa, sie ist gemeinsam mit Adam weg. Wie immer! Sollte sie ihn denn hierlassen?« Stefan regte sich auf, und Hanke konnte es ihm nicht verübeln.

»Wann sind die beiden weg von hier?«

»Oh, Gott. Sie fragen vielleicht Sachen, ich weiß es nicht, so gegen vier würd ich sagen. Ich bin dann noch mal eingepennt.«

»Und du bist dir sicher, sie hatte Adam dabei, als sie gegangen ist?«, wollte er wissen.

»Ja, natürlich. Sie hatte ihn immer auf dem Rücken in einem Tuch oder einer Trage. Adam ist immer dabei, er gehört zu uns, er ist cool.« Hanke lachte, als er hörte, wie über diesen wenige Monate alten Jungen gesprochen wurde. Sie mochten das Baby, es war cool – so sprachen die jungen Menschen von einem Säugling. Darüber konnte er nur noch den Kopf schütteln.

»Kommen Sie mit in die Hütte, wir haben sogar Spielsachen für Adam da.« Er folgte diesem Struwel in den einen Raum, der zwei Couchgarnituren und einen Sessel beinhaltete.

Darauf hatten es sich die zwei anderen Jungs und das Mädchen wieder gemütlich gemacht. Überall lagen Kippen und Drogenreste herum, aber er sah kein Fixergeschirr. Koks, Joints, Zigaretten, aber keine Spritzen, was ihn verwunderte. Er sah in einer Ecke das Spielzeug, eine Decke, einen Ball, ein Kreisel und einen Teddy. Das war also Adams Ecke, dachte Hanke. *Adam, in welcher Ecke wird dich deine Mami wohl vergraben haben*, war sein zweiter Gedanke. Er nahm noch die Personalien entgegen, dann rief er seine Kollegen. Er würde eine Razzia durchführen lassen. Adam war nicht hier. Trotzdem würde er sie hochgehen lassen, diese Saubande. Vielleicht würden sie irgendwann den Absprung schaffen, vermutlich aber nicht.

»Hey!«, hörte er diesen Struwel rufen, als er sich eigentlich schon verabschiedet hatte. Langsam drehte er sich um und sah nun in das Gesicht eines pickligen Teenagers, sah das, was dieser Junge war, ein Verzweifelter. Das sah er jetzt nur, weil er es wollte. Er sah immer das, was er sich zurechtlegte. In diesem Moment war er ein einfacher Junge.

»Sophia ist eine gute Mutter. Besser, als

unsere Mütter es jemals waren. Sie ließ Adam nie allein, niemals. Er war immer bei ihr, sie fütterte ihn, sie wiegte ihn in den Schlaf. Wissen Sie, ich hätte mir eine Mutter wie Sophia gewünscht. Aber meine Mutter ließ uns allein. Sophia hat Adam nichts getan. Sie irren sich.« Hanke sah die Tränen des Jungen, der sich soeben umdrehte und die Schultern hängen ließ. Auch Hanke hatte Tränen in den Augen, denn auch er war so ein vergessenes Kind gewesen, einst, lange war es her. Damals, als er noch kein verbitterter, kaputter Kerl war, doch schon kurz bevor er dazu gemacht worden war. Seine Kollegen begegneten ihm, sie nahmen die Hütte auseinander. Stunden später wurde es dunkel, und von dem Baby fehlte jede Spur. Die Hunde verloren die Fährte an der Hütte und mitten auf der Straße. Hanke fluchte, denn es gab kein totes Baby, noch nicht. Ein Tag war verloren. Das Baby war fort. Und er hatte einen Fehler gemacht.

Zwei Stunden später, es war fast Mitternacht, befragte er Sophia Keller, die ihm geschockt und ungläubig gegenübersaß.

»Wollen Sie was zu essen und zu trinken?«, fragte er die eingeschüchterte Jugendliche, die ihr Baby verloren hatte.

»Sie denken, ich habe meinen Adam getötet?« Dabei schüttelte sie immer wieder den Kopf. Sie drehte völlig durch. »Sie denken, ich habe meinen Adam getötet?«, schrie sie und schlug auf ihn ein. Beamte wollten ihm zu Hilfe kommen, doch er wiegelte ab. Die Schläge taten gut, Sophia durfte ihn schlagen, sie durfte durchdrehen, wenn es so war, wie sie gesagt hatte. Irgendwann brach sie erschöpft zusammen, in seinen Armen. Am Ende blieb die Frage, ob Sophia Opfer oder Täter war.

Fünf Jahre später, die Tramperin

Sophia

Sophia Keller war dreiundzwanzig Jahre alt, trug ihre langen braunen Haare meist zu einem Pferdeschwanz und war einen Meter sechzig groß. Sie war sehr schlank, trug immer eine ausgewaschene Jeans und eine Lederjacke und machte sich, wie jeden Tag, auf den Weg zur Schnellstraße, unweit ihres Zuhauses entfernt. Sie nahm immer den gleichen Weg, genau den, den sie vor vier Jahren auch genommen hatte. Ihre Kamera, die sie sich mühsam mit ihrem Hartz-IV-Geld zusammengespart hatte, hing um ihren Hals. Auch wie jeden Tag. Die Bewohner des kleinen bayrischen Ortes, unweit von München entfernt, kannten die Tramperin, die Verrückte, die Irre, wie sie viele bezeichneten. Sie war hübsch, aber jeder wusste, sie war nicht ganz dicht. Die Menschen mieden sie, doch immer wieder nahm sie auch wer mit, aus Mitleid oder Barmherzigkeit, genau wusste man das nicht. Sophia hatte niemanden und brauchte niemanden. Sie war auf der Suche nach etwas, das sie verloren hatte. Vor fast fünf Jahren. Niemand hatte ihr damals geglaubt. Nicht die Polizei, nicht ihre Familienhelferin, nicht ihre betrunkene Mutter. Niemand. Sie war allein und würde immer allein sein, bis sie das wiederfinden würde, was sie verloren hatte. *Vergessen* war das bessere Wort dafür.

Es war der 26. Mai 2018, fast fünf Jahre später, als sie wieder auf der Schnellstraße entlangging, nicht mehr taumelte, wie damals. Sie hatte den Drogen abgeschworen, denn nun hatte sie eine Mission und dazu musste sie clean sein. Sie hatte es geschafft. Sie brauchte keine Familienhelferin, denn sie war nun kein Teenager mehr. Sie brauchte keine Mutter mehr, denn die hatte sich totgesoffen. Sie brauchte niemanden mehr. Nur noch diese Straße. Jeden Tag, tagein, tagaus. Der erste Akt des Tages war, in die Tankstelle zu gehen, sich eine Cola light und einen Donut zu kaufen und mit der Kassiererin zu sprechen. Es waren drei Kassierinnen beschäftigt, mit denen sie täglich sprach. Sie hatte ein Bild von der Frau angefertigt, die sie damals beraubt hatte, und es den Kassiererinnen gegeben. Sie sollten sich das Kennzeichen der Dame notieren, sollte sie in die Tankstelle kommen. Doch seit fünf Jahren passierte nichts, kein Anruf, keine Notiz für sie. Niemand nahm sie ernst, alle dachten, sie wäre eine Verrückte. Aber was wussten die schon, dachte sich Sophia. Sie kannte die Wahrheit. Nur sie allein, und irgendwann würde sie es beweisen können.

Sie trank die Cola light, aß den Donut und verabschiedete sich dann von der Kassiererin, die ihr lächelnd zunicke, als sie die Tankstelle verließ.

Die Sonne strahlte vom Himmel, als sie die Schnellstraße entlangging und jedes Auto genau beobachtete. Wenn sie dachte, es könnte die Frau von damals sein, machte sie ein Foto vom Nummernschild. Doch bisher war sie erfolglos. Unzählige Bilder hatte sie geschossen, keines führte sie zu ihrem Sohn. Einmal die Woche stapfte sie zur Polizei, mit der Bitte, sich die Nummernschilder anzusehen und ihr Bescheid zu geben, ob das Auto einer Frau Anfang vierzig gehörte. Damals war diese blond und schlank gewesen, und bestimmt hatte sie viel Geld. Sophia wusste noch, wie sie sich gedacht hatte: *Oh Mann, trägt die Alte Klunker um den Hals und Ringe an den Fingern*. Doch diese

Beschreibung passte wohl auf Tausende von Frauen zu. Der Glaube daran, sie irgendwann zu finden, hielt sie am Leben. Das war die einzige Hoffnung, die sie noch hatte. Ansonsten müsste sie aufgeben, und das würde ihren Tod bedeuten. Ohne ihren Sohn hatte und hätte alles keinen Sinn mehr. Die letzten Jahre hatte sie sich nur mit dem Gedanken an ihn, an seinen Geruch, seine Grübchen, seine Pölsterchen an den Armen vor einem letzten Schuss, dem tödlichen Schuss bewahrt.

Doch dieser Maitag, der ungewöhnlich warm war und das, obwohl es erst kurz vor Mittag war, änderte alles. Sophia hielt einen Stock in der Hand, den sie drehte und mit dem sie Steine wegkickte. Hätte sie nicht so ein erbärmliches Leben, wäre dieser Tag ein Geschenk. Die Sonne schien, sie war umgeben von Wald und es war still. Bis auf die Autos, die ab und zu vorbeisausten. Bisher waren es nur Männer, keine einzige Frau war vorbeigekommen. Sophia schwelgte in Erinnerungen an alte Zeiten. Zeiten, die im Nachhinein gar nicht so übel waren, doch wirklich gut waren sie auch nie. Ihren Vater kannte sie nicht, die Mutter war eine Trinkerin, die ihr nie genügend Liebe geben konnte. Geborgenheit, Liebe, Verständnis, das waren die Dinge, nach denen sie sich ihr ganzes Leben gesehnt hatte. Durch die Geburt von Adam hatte sich alles geändert und doch eigentlich kaum etwas. Sie hatte das Kiffen und das Trinken nicht aufgegeben, obwohl sie wollte. Die Versuchungen waren zu groß. Dennoch kümmerte sie sich liebevoll um Adam, das wusste sie tief in ihrem Innern. Auch wenn die Dämonen, die sie oft nachts heimsuchten, ihr etwas anderes ins Ohr flüsterten.

Sophia zuckte zusammen, ihre Erinnerungen verloren an Kraft, denn sie hörte endlich wieder einen Wagen hinter sich. Sie drehte sich um, denn der Wagen kam von der Richtung, aus der auch sie kam. Sie sah ihn schon von Weitem. Er war weiß, genauso wie der vor fünf Jahren, und ihr Herz blieb beinahe stehen, denn ein weißes Auto war selten, wie sie die Jahre feststellen musste. Es kam näher und näher, ihre Hände wurden nass, die Beklemmung nahm zu, die Angst stieg ihr in den Magen. Es war ein großer Wagen, dann blendete sie plötzlich die Sonne. *Scheiße*, dachte sie sich und hielt sich die Hände vor die Augen. Die Brust zog sich zusammen, ihr Körper war angespannt, als SIE an ihr vorbeifuhr: Es war eine Frau. Sophia erkannte blonde, lange Haare und blickte ihr für eine Sekunde in die Augen. Auch die Frau musterte sie und für wenige Augenblicke schien die Welt stillzustehen. Das Auto wurde sichtlich langsamer, bevor die Frau ihren Mund aufriss und Gas gab. Die Reifen quietschten und Sophia blieb geschockt und ungläubig stehen, denn diese Frau war die von damals. Das Auto zischte davon. Sophia drehte sich um, sah den Wagen von hinten und machte sofort ein Foto, so wie sie es schon unzählige Male zuvor gemacht hatte. Aber das Zittern in ihren Händen führte dazu, dass das Bild verschwommen war. *Scheiße*. Nervös blickte sie sich um, sprang hin und her, wollte Hilfe, doch niemand war hier, aber sie musste hinterher. Vergeblich begann sie zu laufen, genau wie damals, als sie hinter dem Wagen hergespurtet war. Das alles durfte sich nicht wiederholen, sie musste diese Frau einholen. Schnaufend hielt sie im Lauf an, bückte sich und krümmte sich, atmete abgehackt ein und aus. Ihr Kreislauf machte nicht mehr mit, es wurde ihr schon schwarz vor den Augen, sodass sie sich an den Straßenrand setzen musste. Sie atmete ein und aus, so wie es ihr die Psychologin damals beigebracht hatte. Ein- und ausatmen, langsam, immer wieder. Ihr Oberkörper pochte, sie legte sich neben die Straße, die Hände hinter dem Kopf verschränkt, und schloss die Augen. Das Nummernschild, sie sah sich das Bild auf ihrer Kamera an. *BGL TT 2...* Die letzten Ziffern waren so verschwommen, dass sie sie nicht mehr identifizieren konnte. *Scheiße, Mann.* Sie fluchte, schwitzte, denn sie war es. Die Frau von vor so vielen Jahren. Sie war sich sicher. Dann hörte sie ein Geräusch, schnell setzte sie auf, denn vielleicht war das Auto ja umgedreht, was völlig sinnlos wäre. Ein Auto kam neben ihr zum Stehen. Ein Hupen. Infolge dessen stand sie auf und musterte den Mann, der sie verwundert anstarrte.

»Alles in Ordnung?«, fragte er und sah sie von oben bis unten an.

»Nein, nein. Ich wurde ausgeraubt. Eine Frau in einem weißen Wagen. Ich bin mit ihr mitgefahren. Dann hat sie mir meine Sachen geklaut und mich rausgeschmissen«, log Sophia und wusste zugleich nicht, weshalb. Sie brauchte Hilfe, sie wollte, dass ihr jemand half. Aber in den letzten Jahren hatte sie gelernt, dass ihr die Wahrheit niemand glaubte. Weder die Polizei noch Freunde oder Familie. Nur sie allein kannte die Wahrheit, wenn es denn eine Wahrheit gab.

»Wollen Sie mitfahren? Ich kann Sie in die nächste Stadt mitnehmen. Dann können Sie zur Polizei gehen«, bot ihr der Mann an, den sie auf Mitte dreißig schätzte. Sie nickte und setzte sich auf den Beifahrersitz, denn sie konnte nicht mehr laufen, wollte auch nicht mehr.

»Wohin fahren Sie?«, fragte sie den Mann.

»Nach Berchtesgaden«, antwortete er und sie überlegte. *Die Buchstaben des Nummernschildes waren doch aus Bergisch Gladbach, und Berchtesgaden lag doch dort, oder nicht?* Obwohl sie sich nicht sicher war, beschloss sie, es zu versuchen.

»Kann ich mitkommen?«, fragte sie und er sah sie erstaunt an. Ihre Gedanken kreisten nur noch um BGL, das Kennzeichen der Frau. Bergisch Gladbach. Natürlich konnte sie sich vorstellen, wie viele Menschen dort lebten, trotzdem, sie würde diese Frau finden. Sophia öffnete ihren Rucksack und begutachtete den Inhalt so, dass der Fahrer es nicht sehen konnte. Denn er durfte natürlich nicht sehen, dass sie ihr Geld und alles noch bei sich hatte. Sie hatte ihre

Karte dabei, Bargeld und den Ausweis. Nichts und niemand könnte sie von ihrem Plan abbringen, denn sie hatte nichts mehr zu verlieren. Alles, was ihr je wichtig gewesen war, war verloren, gestohlen.

»Ja, du kannst mitkommen. Entschuldige, darf ich dich dutzen?

„Ja, natürlich“, antwortete sie.

„Was willst du dort in Berchtesgaden?«

»Ich will die Frau finden. Sie hatte ein Bergisch Gladbacher Kennzeichen. Ich werde dort zur Polizei gehen«, antwortete sie und fühlte sich gut. Ja, sie würde die Frau finden und sie würde es ihr heimzahlen. Etwas mehr als eine Stunde dauerte die Autofahrt, die sie mit Small Talk verbrachten. Der Mann, der Tom hieß, war nett. Er war ganz normal und anständig, hatte einen Sohn, wie er ihr erzählte, und sie stellte sich ihn als guten Vater vor. Sie hatte ihren nie kennengelernt, was ihr nichts ausgemacht hätte, wäre ihre Mutter da gewesen. Doch irgendwann war diese dem Alkohol verfallen und ab da war Sophia allein. Das Schnarchen der betrunkenen Mutter, die Männer, die sie mitgebracht hatte, konnten die Einsamkeit in ihrem Herzen nicht stillen. Denn keiner hörte ihr zu, niemand interessierte sich für sie.

»Hier ist die Polizeistelle, hier kannst du Anzeige erstatten«, erklärte ihr Tom und riss sie aus den Gedanken.

»Kommst du von hier?«, wollte sie von Tom wissen und er nickte. »Ja, da drüben, auf dem Hügel. In dem kleinen Ort lebe ich.« Sie sah hinüber, die Sonne schien auf die grünen Wiesen und sie konnte es sich bildlich vorstellen, wie seine Familie dort lebte. Glücklich, liebevoll, in einem schönen Haus.

Sie nickte, dann stieg sie aus und ging in die Polizeiwache, trat ein und wurde von einem kahlen Gang empfangen. Links war eine Art Rezeption, wenn man das so nennen konnte. Ein Glasfenster, dahinter zwei Polizisten. Beinahe wäre sie hingegangen, hätte in das kleine Loch im Glas gesprochen und ihre Geschichte geschildert. Wie so oft in ihrem Leben. Doch sie entschied sich dagegen. Entschlossen drehte sie sich um, sah durch die Glastür Tom wegfahren und trat wieder hinaus. Die Sonne blendete sie und sie sah sich um. Jetzt war sie also in Berchtesgaden. Hier irgendwo lebte diese blonde Frau, die ihr Leben zerstört hatte. Das Auto würde sie erkennen, es war dasselbe wie vor fünf Jahren. Das könnte sie beschwören. Ein Mercedes. Nicht das neueste Modell, wie ihr die Polizisten damals mitgeteilt hatten.

Wie sollte es nun weitergehen, frage sie sich. Sie brauchte eine Übernachtungsmöglichkeit, denn sie würde hier viel Zeit verbringen. Vermutlich wieder Jahre. Aber irgendwann würde sie die Frau finden, da war sie sich sicher. Und dann würde sie sie zur Rede stellen. Sophia sah sich um und entdeckte eine Touristeninformation, auf die sie zusteuerte.

»Ich suche eine günstige Übernachtungsmöglichkeit«, erklärte sie dem jungen Mädchen, das hinter dem Tresen stand.

»Es gibt in Berchtesgaden sehr viele Unterkünfte. Wenn Sie was Günstiges suchen, dann ist eine Pension das Richtige. Möchten Sie im Zentrum sein oder lieber auf einer der Bergstationen?«

»Lieber hier im Ort«, entgegnete Sophia.

Das Mädchen gab ihr eine Karte mit, in die sie mehrere Pensionen eingezeichnet hatte, jede hatte Zimmer frei. Und eine davon hatte die perfekte Lage. Direkt gegenüber der Gemeinde, eines Supermarktes und des Kindergartens.

Alles war gut zu beobachten von hier aus. Als Sophia die kleine Pension betrat, roch es nach Nässe und Feuchtigkeit, oder besser gesagt nach Moder. Sophia konnte den Geruch nicht wirklich deuten und sah sich um, niemand war zu sehen oder zu hören.

Dann endlich nach einigen Minuten und unzähligen »Hallo«-Rufen kam ein alter Mann auf sie zu.

»Ich suche ein Zimmer. Am bestens eins hier raus«, sie deutete mit der Hand auf den Platz vor der Pension.

»Meine Tochter ist nicht da. Aber wir haben noch ein Zimmer im dritten Stock frei, das in diese Richtung geht. Aber Mädel, die Bezahlung musst du dann mit der Tochter abklären. Gell, lass mir deinen Ausweis da, dann passt das schon«, Sophia konnte ihr Glück kaum fassen, als sie von dem Mann in ihr Zimmer geführt wurde. Der Alte sah sie intensiv an, was ihr ein mulmiges Gefühl verursachte, schnell blickte sie wieder zu Boden. Blickkontakt konnte sie noch nie gut halten.

»Was suchst du denn bei uns?«, fragte der alte Mann, und sie fühlte sich ertappt. »Nun, gut. Ich lasse dich ja schon allein. Komm am Abend zu meiner Tochter, dann kannste zahlen.« Dann drehte er sich um und ging hinaus. Der Schlüssel steckte noch in der Tür und Sophia schloss sofort ab.

Sie atmete erleichtert aus, als sie endlich allein war. So viele Gefühle schossen ihr durch den Kopf. Müde und ausgelaugt setzte sie sich aufs Bett und schnaufte durch. Für heute wollte sie es gut sein lassen, zu viel war geschehen, zu viel Unruhe war in ihrem Körper. Ihre Augen fielen ihr beinahe zu, als sie das Fenster öffnete und danach mit ihren ganzen Klamotten aufs Bett fiel.

Einige Stunden Schlaf würden ihr guttun. Doch wie immer schreckte sie aus dem Traum empor, nur wenige Minuten nach dem Einschlafen. Sie sah sich selbst auf der Schnellstraße, umgeben von dem Wald. Dann fuhr der weiße Wagen vor, die Sterne über ihr leuchteten und dann sah sie die roten Augen der Frau im Wagen und wachte auf. Schweißgebadet fing sie an zu heulen. Diese Nacht vor fünf Jahren hatte alles zerstört. Einfach alles.

Die Anhalterin

Kirsten

Kirsten stieg aus dem Wagen, nahm die Einkäufe und ging ins Haus, das direkt mit dem Fünf-Sterne-Palast, den sie und ihr Mann führten, verbunden war. Sie genoss die Luft im Frühling, wenn alles zu sprießen begann. Sie liebte es, wenn die Wanderer vom Berg kamen und sich auf gemütliche Stunden im Wellnessbereich oder aufs Abendessen freuten. Sie hatte so viel Glück gehabt, ihren Mann Bernd kennengelernt zu haben, damals, vor fast fünf Jahren. Er hatte sich sofort in sie verliebt, wie er nicht aufhörte, ihr zu sagen. Er war der Spross einer Hoteliersfamilie aus dem Berchtesgadener Land und sie direkt zu ihm gezogen. Seine Familie hatte sie sofort akzeptiert. Sie passte perfekt dazu und auch ihr kleiner Sohn Toni war mit Liebe empfangen worden. Er wurde bald sechs Jahre alt und Bernd hatte ihn sogar adoptiert. Sie waren Vater und Sohn und eine glückliche Familie. Nichts würde dieses Glück zerstören können.

Kirsten stellte die Einkäufe in den Kühlschrank und setzte sich dann an den PC, um eine Stellenanzeige zu verfassen. Personal musste dringend her, denn keiner wollte mehr in der Gastronomie arbeiten. Es war zum aus der Haut fahren, denn es wurde langsam Zeit, dass sie das Team zusammenstellten. Die Sommergäste buchten fleißig, sie mussten endlich Leute finden. Das Hotel suchte noch einen Hausmeister, ein Zimmermädchen, einen Koch, eine Küchenhilfe und einen Spüler. Das war ziemlich viel, dafür, dass die Saison schon begonnen hatte. Das Hotel war nach der Wintersaison einen Monat geschlossen gewesen, doch seit dieser Woche waren die Gäste wieder da. Es ging endlich wieder los. Kirsten konnte den Trubel kaum mehr erwarten, sie liebte ihr Leben.

Eine Stunde später, die Anzeige war überall im Internet verteilt, stieg sie in den Geländewagen, der ihrem Mann gehörte, und machte sich auf den Weg zum Kindergarten. Mit ihrem eigenen Wagen, einem weißen, wunderschönen Mercedes, den sie von ihrem Opa geerbt hatte, fuhr sie nur ab und zu. Obwohl sie den Wagen liebte, denn er weckte

Erinnerungen in ihr. Nun wollte sie ihren Sohn abholen und noch ein paar Blätter mit dem Stellengesuch aufhängen. Sie drehte die Musik auf und sang laut mit. Es würde ein schöner Tag werden. Ganz sicher. Ihre blond gefärbten Haare saßen wie immer perfekt, glatt gebügelt, so wie eine perfekte Hausfrau in ihren Augen eben aussah. Frisch geschminkt, frisiert und in den edelsten Designerklamotten. Heute trug sie mal kein Dirndl wie sonst, sondern einen schwarzen Rock und eine pinke Bluse, darüber einen Blazer. Sie sah top aus, auch wenn sie bald ihren vierzigsten Geburtstag feierte. Kirsten und ihre Familie passten in jedes Klischee. Blonde, große, schlanke Frau, alleinerziehend, angelt sich einen Millionär. Aber so sah sie sich selbst nicht. Sie dachte, es wäre Bestimmung. Sie liebte ihren Mann und das Spießerleben, das sie führten. Wenige Minuten später parkte sie auf dem Marktplatz, ging zur Touristinformation und hängte das Plakat auf. Dann schlenderte sie über den Markt, auf dem heute frische Blumen, Obst und Gemüse verkauft wurden. Wie jeden Freitag. Um exakt dreizehn Uhr öffnete sie die Tür zum Kindergarten und ihr kleiner Engel fiel ihr in die Arme. Gemeinsam liefen sie zum Auto ein Wettrennen und machten sich auf den Weg nach Hause.

»Mami, fahren wir heute auf die Alm?«

»Nein, heute nicht. Aber morgen.«

Toni liebte es, auf der Alm zu sein. Er half dann immer beim Ausschank oder spielte mit den Kindern der Gäste. Er war ein toller Junge, einfach perfekt, und er sah Bernd wirklich ähnlich. Sie waren nicht blutsverwandt, doch alle Leute schwärmten immer von der Ähnlichkeit zwischen Vater und Sohn. Toni wusste auch nicht, dass Bernd nicht sein leiblicher Vater war. Irgendwann würden sie es ihm sagen, aber erst dann, wenn er dazu bereit wäre. Jetzt wollten sie ihm seine Kindheit lassen.

Am Abend saßen Kirsten und Bernd mit einem Glas Wein auf der Couch und besprachen die kommende Saison. Es würde wieder viel Arbeit auf sie zukommen und wenig Zweisamkeit ermöglichen. Aber so war das. In der Zwischensaison leisteten sie sich meistens einen Urlaub. Aber auch nur, wenn es die Renovierungsarbeiten, die immer wieder anfielen, zuließen.

»Komm, stoßen wir an. Ich liebe dich«, hörte sie ihren Mann sagen und sie gab ihm einen

Kuss. Er war ein Jahr jünger als sie, doch so reif und weise, wie sie es so liebte. Sie konnte noch nie etwas mit Rumtreibern oder feiernden Männern anfangen. Bernd war bodenständig und fleißig. Und auch Kirsten war genau das. Auch wenn sie nach außen hin wie die verwöhnte Millionärsgattin wirkte, so war sie auch fleißig und half im Betrieb mit.

Genauso wie die Großeltern und Bernds Bruder. Sie waren ein Familienbetrieb, mit drei Hotels zwar groß, aber dennoch ein Familienunternehmen. Sie hielten zusammen, gingen durch dick und dünn. Kirsten nahm sich zurück, denn sie kannte auch die dunkle Seite dieser Familie. Ihr Mann war nicht immer der liebevolle Ehemann und Vater, aber das blendete sie gern aus, vergaß es sogar ab und zu. Wenn die Zeit zwischen den Ausbrüchen sehr lange dauerte, dann erinnerte sie sich nicht mehr an die Grausamkeiten, die ihr Mann ihr antun konnte.

Zärtlich streichelte Bernd seiner Frau über die Arme, während sie sich gemeinsam noch einen Film ansahen. Sie passten gut zueinander, und sie genoss die Streicheleinheiten, denn irgendwann würden sie wieder vorbei sein. Aber auch das würde sie überstehen, wie alles, denn sie vergötterte Bernd. Er konnte ihr das geben, was sie sich insgeheim immer gewünscht hatte. Geld, Ansehen, ein Haus und eine Familie. Aber der wichtigste Aspekt war vermutlich Toni, denn er akzeptierte ihn als seinen eigenen Sohn. Das war mehr wert als alles andere auf der Welt. Die Schmerzen, die Zurückweisungen konnte sie daher verkraften, denn es gab auch Abende wie heute, die voller Liebe und Zuneigung waren. Während er sie streichelte, nickte sie sich innerlich zu. Es war das Beste für alle. Alles, was sie je getan hatte, hatte sie für sich und ihre Familie getan.

Die Anstellung

Sophia

Eine Woche beschattete sie nun schon den Marktplatz, streifte umher und durchkämmte sämtliche Parkplätze. Es war ein sonniger Tag, als sie unweit des Kindergartens auf einer Parkbank saß und die Menschen beobachtete. Sie hatte in der Pension zweihundert Euro für einen Monat gezahlt. Das war ein Spezialpreis, da sie keine Reinigung benötigte. Übrig von dem Geld waren noch weitere zweihundert Euro, erst am nächsten Ersten würde sie das Hartz-IV-Geld wieder aufs Konto kriegen. Bis dahin musste sie sparen. Langsam zweifelte sie an ihrer Aktion. *Was, wenn sie ganz woanders einkaufte? Was, wenn sie nicht hier wohnte, sondern nur ein Nummernschild von hier hatte?* Tausend Gedanken schwirrten ihr, wie jeden Tag, im Kopf herum. Auch dieser Tag begann wie immer: frustrierend, einsam und zweifelnd. Die Blätter der Bäume waren in Bewegung, ein Lufthauch umgab den Marktplatz und Sophia dachte schon, sie müsste aufgeben – für immer.

Doch irgendetwas sagte ihr, sie musste weitermachen, und sie irrte sich nicht. Sie fühlte es schon Augenblicke vorher, dass etwas nicht stimmte. Dass etwas auf sie zurollte. Und sie schritt langsam über den Marktplatz, bis sie kaum mehr atmen konnte und wie versteinert stehen blieb und zu einer Frau starrte, die in einem schwarzen Rock über den Markt schritt. Sie war es. Die Frau aus dem Mercedes, sie war sich tausend Prozent sicher. Sophia sah sich um, fühlte sich plötzlich beobachtet und wusste nicht, wie sie sich nun verhalten sollte. Sie sprang auf, versuchte so unauffällig wie möglich, der Frau zu folgen. Die Kinderdiebin schlenderte über den Markt, kaufte ein paar Tomaten und Salat und machte sich dann auf den Weg zum Kindergarten. Die Frau verhielt sich so, als hätte sie nicht das Schlimmste getan, was man einer anderen Mutter antun konnte. Es ging so schnell, die Frau verschwand hinter dem Eingang und Sophias Herz pochte lauter als jemals zuvor. Sie bekam schweißnasse Hände und zitterte, denn was nun auf sie zukam, konnte sie nur erahnen. Sie positionierte sich neben einem riesigen Baum und fixierte die Tür des Kindergartens. Es verstrichen nur wenige

Minuten, doch für Sophia fühlten sich diese wie Stunden an. Ihr wurde schwindelig, und dann öffnete sich die Tür und sie sah ihn: *Adam, ihren Sohn.* Sie sah sich verzweifelt um, es musste ihr doch jemand helfen. Hier stand ihr kleiner Sohn, ihr Adam, mit dieser Frau. Instinktiv trat sie einen Schritt nach vorn, wollte auf ihn zulaufen, hielt aber an, denn sie brauchte einen Plan. Entschlossen verfolgte sie die Frau und ihren Sohn bis zu deren Auto und sie hatte Glück, denn auf dem großen Geländewagen, den die Frau diesmal fuhr, war ein riesiges Logo darauf und ein Foto der Familie. Adam, eine Mutter und ein Vater, vermutlich Großeltern. Tränen stiegen Sophia in die Augen, denn Adam war doch ihre Familie. Er gehörte hier nicht hin. Sophia merkte sich den Hotelnamen, der auf dem Wagen stand, denn offensichtlich besaß diese Familie, Adams neue Familie, ein Hotel.

ROSENHOTELS, Ihre 5-Sterne-Hotels im Berchtesgadener Land.

Sofort lief sie auf das Tourismusbüro zu, wo ihr die Stellenanzeige auffiel, und sie konnte ihr Glück kaum fassen. Das Rosenhotel, hier im Ort, suchte Personal, und Zimmermädchen oder Küchenhilfe wäre auf jeden Fall etwas für sie.

Sie fragte die Dame am Empfang, wie sie dorthin käme. Das Hotel lag etwas oben am Berg, sagte die Dame und sie zeigte ihr, wie man dorthin gelangen konnte. Es wäre ein einstündiger Fußmarsch, aber bei dem Wetter ideal.

Also machte sich Sophia sofort auf den Weg. Zügig erklomm sie den Berg, sah schon von Weitem das imposante Gebäude, das das Hotel sein musste, und erreichte den Eingang in fünfunddreißig Minuten. Sie war so aufgeregt, so nah war sie ihrem Jungen noch nie gewesen. Dann sah sie den Mercedes, genau den, in den sie vor fünf Jahren eingestiegen war. Er war es, ein alter Mercedes, sogar die braune Lenkerschonung, die so altmodisch war, hatte sie noch dran gelassen. *Sollte sie umdrehen und zur Polizei gehen*, fragte sie sich, bevor sie die Stufen nach oben zum Eingang nahm. Nein, sie würden sie wieder nicht ernst nehmen, wie damals, als die Polizei sie plötzlich verdächtigt hatten, ihren Sohn ermordet zu haben. Nein, sie musste es selbst in die Hand nehmen. Sie stand vor dem Eingang, noch nie war sie in so einem Hotel zu Gast gewesen. Ein Schloss, ja es sah aus wie ein Märchenschloss. Die Tür wurde von einem Mann geöffnet und sie wurde hereingebeten. Der Angestellte brachte sie zur Rezeption. Sophia legte den Zettel mit dem Stellengesuch auf den Tresen.

»Guten Tag, mein Name ist Sophia Keller und ich suche eine Saisonanstellung. Ich habe gelesen, Sie suchen noch jemanden.« Das Mädchen an der Rezeption trug ein Dirndl und war aufgesetzt freundlich.

»Warten Sie bitte, ich hol den Chef«, sagte sie und trat durch eine Tür in ein Büro. Wenige Sekunden später erschien ein jugendlich wirkender, gut aussehender Mann und begrüßte sie freundlich.

»Guten Tag, Frau Keller. Mein Name ist Berger, ich bin der Direktor hier. Sie suchen eine Anstellung?«, erkundige er sich und musterte sie von oben bis unten. Unter den Blicken des Chefs dieses Hotels, der offenbar der Mann der Entführerin war, fühlte sie sich klein und hilflos. Ihre Klamotten stammten von einem Billigdiscounter, ihre Schuhe waren schmutzig, ihre Haare fettig. Der Kerl trug Designerklamotten und spielte in einer ganz anderen Liga. *Aber Adam gehörte doch nicht zu so einem Lackaffen, oder hatte er es hier vielleicht viel besser?* All diese Gedanken schossen Sophia durch den Kopf, bevor sie eine Antwort parat hatte.

»Genau, ich möchte gern als Zimmermädchen oder als Küchenhilfe arbeiten. Ich liebe die Berge, brauche eine Auszeit von der Stadt und habe Ihre Stellenanzeige gelesen. Ich wäre sofort bereit, anzufangen«, quirlte es aus ihr heraus. Sie wirkte motiviert, das passte, hoffte sie zumindest.

»Haben Sie schon Erfahrung in den Bereichen?«, fragte der Direktor und winkte sie mit sich. Sie setzten sich an die leere Hotelbar. Mit der Frage war sie überfordert. Er wartete auf eine Antwort, sie zögerte, überlegte, wurde erneut unsicher.

»Nein, das habe ich nicht«, versuchte sie es mit der Wahrheit. »Ich will einfach einen Neuanfang«, sie sah im in die Augen. Er wirkte wie ein Mann, der Menschen Chancen gab oder sie von Anfang an fallenließ. Entweder er war eiskalt oder er war gütig, es gab nur diese zwei Möglichkeiten, sie erkannte es an seinem Blick. Er war entweder schwarz oder weiß. Es dauerte eine Weile, bis er etwas entgegnete.

»Für einen Neuanfang sind Sie bei uns

richtig. Wenn Sie die Unterlagen, die wir benötigen, vorlegen können, sind Sie eingestellt«, sagte er und lächelte. Sophia war vollkommen überfordert, denn damit hatte sie nicht gerechnet. Sie dachte, sie müsse auf Probe arbeiten oder Zeugnisse vorlegen.

»Meine Mitarbeiterin am Empfang gibt Ihnen eine Liste, mit Dingen, die Sie vorlegen müssen. Ein Führungszeugnis, Gesundheitszeugnis und solche Sachen. Bringen Sie alles vorbei und dann legen wir los«, er reichte ihr die Hand und sie hatte Tränen in den Augen. Denn eine Chance hatte sie schon lange nicht mehr bekommen. Vielleicht noch nie. Aber sie durfte nicht vergessen, wieso sie hier war. Es gab nur diese eine Möglichkeit, ihren Sohn zurückzubekommen. Sie sehnte sich nach dem Moment, an dem sie ihn in die Arme nehmen konnte. Sie wollte ihn wieder riechen, schmecken. Seine Babyhaut auf ihrer spüren. Er war ein zauberhaftes Baby und sie eine grauenvolle Mutter. Er hatte es hier sicherlich besser, aber sie war seine Mutter und es stand niemandem zu, darüber zu entscheiden. Nicht dieser blondierten Kuh und auch niemandem sonst. Sie würde kämpfen, denn sie hatte den

Kampf gegen die Drogen gewonnen, sie würde alles tun, um Adam zurückzubekommen.

Die Rezeptionistin überreichte ihr einen Zettel mit Dingen, die sie benötigte. Ein Führungszeugnis, ein Gesundheitszeugnis, einen gültigen Ausweis, eine Arbeitserlaubnis, Kontodaten und noch einiges mehr. All das wäre kein Problem, aber sie musste dafür zurück nach Hause. Sie hatte alles, nur kein Gesundheitszeugnis. Das Führungszeugnis war damals ausgestellt worden, als ihr Sohn verschwunden war. Es war einwandfrei. Sie hatte nichts verbrochen, außer Drogen zu nehmen. Sie dealte nicht, sie klaute nicht, sie tat niemandem etwas. Sie machte sich telefonisch einen Termin bei ihrem Hausarzt und konnte am nächsten Morgen sofort kommen. Sie musste sich beim Arbeitsamt abmelden, aber das wollte sie erst machen, wenn sie einen Vertrag hatte. Als sie im Bus saß, um nach Hause zu fahren, kam ihr ein Gedanke. *Was wollte sie eigentlich von der Familie? Wieso ging sie nicht zur Polizei?* Sie traute einfach niemandem mehr. Sie musste Adam zu sich holen, denn die Polizei würde ihr nicht helfen, genauso wenig wie vor fünf Jahren. Es kamen ihr aber Zweifel, denn sie wollte ihrem Sohn keiner Gefahr aussetzen. Er kannte sie nicht mehr, wusste nicht, dass sie seine Mutter war. *Wollte sie ihrem Kind das wirklich antun?* Nein, das wollte sie nicht. Aber sie wollte Rache. Sie wollte die Frau, die Kirsten Berger hieß, zerstören. Denn sie hatte ihr das Liebste genommen, was sie je hatte. Sie bemerkte nicht, dass sie weinte, bis eine alte Frau sie ansprach.

»Alles in Ordnung, meine Kleine?«, fragte sie und tätschelte ihre Hand. Sophia wurde aus ihren Gedanken gerissen und nickte. Sie sah die Frau an, deren Haut schlecht war und die vermutlich älter aussah, als sie war, und lächelte. »Es ist alles gut«, mehr sagte sie nicht. Die Frau nickte.

»Das wird schon alles wieder werden. Es wird ja immer«, sagte sie und wirkte genauso verletzt und kaputt wie Sophia selbst.

Als sie endlich die Tür hinter sich zuschloss, fiel sie aufs Bett. Es war mitten in der Nacht. Sie fühlte sich ausgelaugt, ausgezehrt, als nicht mehr sie selbst. Nach so vielen Jahren hatte sie ihn endlich gefunden, Adam, ihr Baby. *Hatte sie das*, fragte sie sich selbst, als sie endlich einschlief und träumte. Von damals, von dem

Tag, an dem alles ein Ende hatte.

Die Erkenntnis

Sophia

Sophia, das Mädchen mit den gefärbten Haaren, die Kifferin, die Verrückte, die Babyverliererin hatte also eine Anstellung. Noch nie im Leben war sie irgendwo angestellt gewesen. Nach der Schule widmete sie sich den Drogen und wurde dann schnell schwanger. Sie lebte in den Tag hinein, doch sie liebte ihren Sohn mehr als alles andere. Und nun also, nach so vielen Jahren, stand sie in einer Küche und sollte Gemüse schälen, putzen, einfache Dinge zubereiten. Sie war fleißig und bemühte sich, denn sie wollte die Stelle behalten.

Die Bergers waren zu einer Hoteleröffnung verreist und man erwartete sie erst eine Woche später zurück. Der Sohn war natürlich mit dabei. Ihr Sohn, ihr Adam. Der nicht mehr Adam hieß. Sie hatte ihn nur noch einmal von hinten gesehen, dann stieg er in den Wagen und sie fuhren den Berg hinab. In eine Welt, die für Sophia fremd war. Jeden Tag schuftete sie von früh bis spät in der Küche, ertrug den launischen

Küchenchef und beklagte sich nie. Abends fiel sie todmüde ins Bett. Sie hatte nun ein Zimmer, direkt im Hotel. Die Pension hatte sie verlassen, was ihr nicht schwerfiel, denn nun war sie näher bei ihrem Sohn. Hatte sie mal einige Stunden frei, so durchkämmte sie das Anwesen. Sah sich den Spielplatz an, auf dem sie sich Adam auf der Schaukel vorstellte. Versuchte, mehr über die Familie herauszufinden. Sie googelte, schaute in den sozialen Medien, doch viel war außerhalb der Hotels nicht zu finden.

Kirsten Berger hatte eine Schwester, die auch in einem der Hotels arbeitete, und Bernd hatte einen Bruder. *Ob Bernd überhaupt wusste, dass sie Adam gestohlen hatte?* Vermutlich nicht. In einem Interview erzählten die beiden von ihrer Kennenlernphase. Die war erst nach der Entführung ihres Sohnes. Er hatte Adam dann adoptiert. Adam, der jetzt Toni hieß und reich war. Er lebte ein ganz anderes Leben als Sophia, und dennoch musste er erfahren, was seine Eltern getan hatten. Jetzt war er noch zu klein, aber sie war seine Mutter. Sie würde es für immer sein. Ihr Wunsch war es, dass es alle wussten, denn die Wahrheit würde sie retten, so hoffte sie zumindest. Hanke und alle anderen sollten erfahren, dass sie ihrem Kind nie etwas zuleide getan hatte. Eine reiche Tussi hatte nur den Moment genutzt und ihn behalten. Für sich und ihre perfekt in Szene gesetzte Familie.

Nach einer Woche kamen sie endlich wieder zurück, und Sophia würde den Moment nie vergessen, als sie ihr Baby zum ersten Mal wiedersah und mit ihm sprach. An diesem Tag regnete es in Strömen, sie stand in der Küche und der Regen peitschte an die Fensterfront. Es ging alles so schnell, sie konnte sich gar nicht richtig vorbereiten, denn plötzlich stand er vor ihr. Seine Haare waren ganz kurz geschnitten, er trug eine Jogginghose und ein T-Shirt mit einem Hundeaufdruck darauf.

»Kann ich was zu naschen haben?« Sophia kniete sich neben dieses Kind, neben *ihr* Kind, das ihr so fremd war und zugleich so nah. Kein Wort brachte sie heraus, als sie seine Hände in ihre nahm. Das Strahlen des Kindes war unvergleichlich, sie musste aufpassen, nicht in Tränen auszubrechen. Die Geräusche der Küchengeräte der anderen Mitarbeiter, der keifende Küchenchef hinter hier, all das nahm sie nicht mehr wahr. Es war so, als stünden ihr Sohn und sie allein in einem luftleeren Raum.

Keine Zeit zu atmen, keine Zeit zu denken, nur fühlen. Sie spürte die warmen Hände, sie fühlte seinen Atem auf ihrem Gesicht, so nah kniete sie vor dem Jungen.

»Krieg ich nun was zum Naschen?«, grinste sie der Kleine an und sie wurde wieder in die Realität katapultiert. Er wusste nicht, wer sie war, natürlich nicht.

»Nun gib ihm doch was«, hörte sie den Küchenchef und Sophia riss sich zusammen. Es würde noch öfter Gelegenheiten geben, mit ihrem Sohn zu sprechen. Und so war es auch. Sophia lebte sich ein, verbrachte Zeit mit ihrem Sohn, heimlich, nicht viel, aber die Momente waren Balsam für ihre Seele.

Ihr Herz klopfte jedes Mal, wenn sie ihren Sohn sah, sie beobachtete ihn, sprach mit ihm, wenn er in der Küche war. Er war aufgeweckt, frech würde man sogar sagen. Oft wurde er ausgeschimpft, doch er gefiel ihr, er war eindeutig ihr Kind.

Bernd, der *Vater* des Kleinen, war ein netter, umgänglicher Chef, anders seine Frau. Sie beobachtete sie genau. *Ahnte sie vielleicht etwas?* Jedoch konnte das eigentlich nicht sein. Sophia sah nun ganz anders aus als damals.

Ihre Haare waren nun nicht mehr blau, jedoch auch nicht mehr blond, wie auf der Straße vor einiger Zeit. Und in dem winzigen Augenblick auf der Straße trug sie andere Kleidung und ein Basecap. Hier im Ort hatte Sophia ihre Haare nun schwarz gefärbt, nein, sie ahnte nichts. Nein, sie konnte sie nicht erkennen. *Aber vielleicht spürte sie es im Unterbewusstsein, vielleicht erkannte sie ihre Stimme, konnte sie aber nicht zuordnen.* Sophia funkelte Kirsten immer böse an, was diese irgendwie zu verunsichern schien. Das gefiel Sophia, denn sie würde schon bald ihre ganze Macht ausspielen. Wenn ihr Sohn in der Nähe war, wollte sie ihn am liebsten umarmen, ihn nehmen und verschwinden, doch so einfach war das nicht. Sie waren reich, hatten Macht und Geld. Sie würden sie finden, überall.

Es war Mitternacht, sie lag allein in ihrem Bett und grübelte, wie es weitergehen sollte. Sie konnte nicht ewig so tun, als wäre alles in Ordnung. Sie wollte ihr Kind mit nach Hause nehmen. Es stand ihr zu. Sie glitt in einen unruhigen Schlaf, der nun vom Gesicht des Kleinen handelte. Sie sah den Jungen, wie er nun aussah, immer vor sich. Der andere Traum war verschwunden, zum Glück. Endlich hatte sie eine Art Frieden, doch sie wollte siegen.

Kirsten

»Ich verstehe nicht, wie du dieses Mädchen einfach so einstellen konntest?«, giftete sie, wie so oft ihren Mann an, musste aber vorsichtig sein, denn zu sehr durfte sie ihn nicht kritisieren. Er nahm nun Tabletten gegen seine Depressionen, seither war sie sicher, aber zu sicher durfte sie sich nie fühlen. Kirsten aber wusste, die größere Gefahr war nicht ihr Mann, sondern ihre Dämonen im Innern.

»Was hast du gegen sie? Wir haben dringend wen gesucht, sie ist motiviert und macht ihre Arbeit laut Artur sehr gut«, entgegnete er ihr. Er war genervt von ihr, denn sie wollte über alles bestimmen. Auch er konnte Personalentscheidungen treffen, er musste dafür nicht seine Frau fragen. ER war der Chef, ER hatte das Geld, ER war der Mächtige.

»Was ich gegen sie habe? Sieh sie dir an, sie hat keinerlei Erfahrung und ist total unfreundlich. Außerdem sieht sie Toni immer so seltsam an.« Daraufhin fing Bernd an zu lachen.

»Also zu mir und zu den anderen ist sie nicht unfreundlich.«

»Ja, klar. Schieb es wieder auf mich. Ich bin ja die unfreundliche Zicke«, schmollte Kirsten.

»Ach komm schon, das habe ich nicht gesagt. Aber du machst es anderen nicht leicht«, er streichelte ihr den Nacken, sie schloss die Augen und ließ es gut sein.

Diese Sophia war nur eine Küchenhilfe, also beruhigte sie sich allmählich und beschloss, einen Bogen um sie zu machen. Irgendetwas hatte dieses Mädchen an sich, was sie erkannte. Aber sie wusste nicht, was. Sie hatte ein beunruhigendes Gefühl, wenn sie in ihrer Nähe war, also mied sie sie die nächsten Tage.

Zwei Tage nach diesem Streitgespräch war sie auf der Suche nach Toni, der um das Hotel herum, gerne auch mal alleine spielte. Sie rief nach ihm, doch bekam keine Antwort.

»Toni, komm rein«, sie suchte überall und fand ihn schließlich auf dem Spielplatz hinter dem Hotel, der für die Hotelkinder bestimmt war. Er saß auf dem Schoß von dieser Sophia und sie schaukelten. Kirstens Körper verkrampfte sich schlagartig, denn das Bild von ihrem Kind und dieser Frau löste etwas in ihr aus: Angst.

Wieso diese Angst in ihr aufstieg, konnte sie sich nicht erklären.

»Toni, komm sofort her«, rief sie nun lauter und steuerte auf die beiden zu.

»Was machen Sie hier?«, fauchte sie diese Sophia an, die sie nun anlächelte.

»Sie haben hier nichts verloren, verdammt. Was machen Sie mit meinem Kind?«, schrie sie und hinter ihr tauchte ihr Mann auf.

»Sag mal, was schreist du hier so rum? Ich mache gerade eine Hausführung«, flüsterte er seiner Frau zu und packte sie unsanft am Handgelenk.

»Sieh dir das an«, deutete sie auf Toni und Sophia. Bernd zuckte mit den Schultern. »Und?«, fragte er. »Wieso spielt sie mit Toni, verdammt?«

Doch der Satz, den Sophia ihnen nun beinahe unverständlich zuflüsterte, ließ ihr das Blut in den Adern gefrieren. Sie trat instinktiv einen Schritt zurück. »Das ist nicht Toni, das ist Adam«, flüsterte Sophia und sah in verständnislose Gesichter.

»Jetzt ist aber Schluss«, beschwichtigte Bernd und kam auf Sophia zu. Bernd war diese Szene vor seinen Gästen offenbar sehr peinlich.

»Nein, jetzt fängt es erst an. Dieses Kind ist mein Sohn, den ihre Frau mir gestohlen hat«, entgegnete Sophia wie in Trance und krallte sich an das Kind. Adam oder Toni, wie auch immer, blieb ganz ruhig, sah mit großen Augen den Erwachsenen zu, die sich um ihn stritten.

»Sie sind ja völlig irre«, wütete nun auch Bernd und Kirsten wurde kreidebleich.

»Geben Sie uns unseren Sohn, oder wir rufen die Polizei«, drohte er und senkte seine Stimme wieder, da die Gäste nun sichtlich und sensationsgeil auf sie aufmerksam wurden.

»Die Polizei kommt gerade«, flüsterte Sophia lächelnd und deutete mit dem Kopf in Richtung Streifenwagen. Bernd runzelte die Stirn, er wusste nicht, was hier gespielt wurde. Kirsten setzte sich auf die Bank, versenkte den Kopf in ihren Händen und weinte. Sie wusste es nur allzu gut.

Zwei Polizeibeamte schritten wenige Sekunden später auf die Gruppe zu.

»Wer ist Sophia Keller?«, fragte eine weibliche Beamtin.

»Ich, und das sind die Entführer meines Kindes«, antwortete Sophia laut und deutlich und stand auf. Die Gäste, die sich um sie herum versammelt hatten, waren erstaunt und sahen mit Neugier auf diese Szene. Sophia schickte den Jungen zurück zu den Eltern.

»Mami, was ist hier los?«, wollte dieser von seiner Mutter wissen, bekam aber keine Antwort, sondern nur einen Kuss. Kirsten war geschockt, ihr Mann würde sie dafür bluten lassen, und ihr Leben wäre zerstört.

»Es gibt eine Anzeige gegen Sie wegen Kindesentführung. Wir bitten Sie daher, uns aufs Präsidium zu begleiten«, erklärten die Beamtin und wendete sich nun direkt an Kirsten und Bernd.

»Was soll das, Kindesentführung? Sind Sie denn alle verrückt?« Das Blut rauschte in ihren Ohren, denn sie konnte nicht fassen, dass dies wirklich geschah. Hier und jetzt. In ihrem Zuhause, wo sie bisher sicher war, und vor ihren Gästen, die nun alle wie gebannt auf die Chefin des Hotels blickten. Ihr Mann funkelte sie böse an, sie blendete seine vorwurfsvollen Blicke aus.

Sophia

Mutig und gezielt hatte sie sich dazu

entschlossen, sich nicht geschlagen zu geben. Die Bergers besaßen Hotels, waren vielleicht reich und angesehen, und dennoch hatten sie nicht alle Rechte. Kirsten Berger hatte Sophias Sohn entführt, ihn für ihren eigenen ausgegeben, das glaubte Sophia ganz fest. Sie spürte die Verbundenheit zwischen ihr und Toni. Sie versuchte, den Namen Adam auszublenden, denn der Junge hieß nun einmal Toni. Das musste sie akzeptieren und das tat sie. Sie hatte die Familie beobachtet, oft auf dem Spielplatz mit dem Jungen gespielt und sie wusste, er war es. Das Auto war dasselbe, die Frau dieselbe, der Junge war ihrer, ganz klar. Und sie würde es beweisen.

Also rief sie den Polizisten an, der damals für ihren Fall zuständig war. Sie hatte immer noch seine Karte. Er war damals nicht ihr Freund gewesen, denn er hatte den Verdacht aufgebracht, sie hätte ihren Sohn getötet und sich die Geschichte nur ausgedacht. Am Ende aber hatte er zu ihr gehalten, wollte sie unterstützen, bereute seinen Vorwurf, konnte ihr dennoch nicht helfen. Mit dem Kommissar, der so fertig war, beinahe so fertig, und krank wie sie selbst, hatte sie lange und intensive Gespräche geführt. Er glaubte ihr, sagte Sophias Gefühl. Aber irgendwann hörten sie auf zu suchen. Sie vergaßen Sophia und ihren Sohn und überließen sie ihrem Schicksal. Damals wurde Sophia clean, nachdem sie in eine psychiatrische Anstalt eingewiesen worden war, weil sie sich umbringen wollte. Nach der Entlassung und dem Entzug hatte sie beschlossen, ihn zu suchen. Sie wollte ihr Kind wiederhaben, mit ihm die Zeit verbringen, die ihr zustand. Sie schwor sich, sie würde nie wieder Drogen konsumieren, für ihren Sohn, und hoffte, irgendwann würde er zu ihr zurückkommen, wenn sie nur genug kämpfte. Also machte sie sich, aus dem Verschwinden ihres Kindes eine Aufgabe. Jeden Tag ging sie zur Schnellstraße, beobachtete und fotografierte die Autos, die vorbeifuhren. Hielt Ausschau nach diesem weißen Mercedes, den die Polizei nie gefunden hatte. Tausende Autos wurden kontrolliert, ohne irgendeinen Erfolg. Es war, als wäre der Wagen wie vom Erdboden verschluckt, oder sie hatte sich die Farbe oder die Marke nicht richtig gemerkt. Sie war high, keiner nahm sie wirklich ernst. Sie war drogenabhängig und arbeitslos, sie wurde als schlechte Mutter dargestellt und im Internet heftig kritisiert und beschimpft. Das alles bekam sie nicht mit, denn monatelang war sie weggesperrt, lebte nicht mehr wirklich. Der Schmerz über den Verlust ihres Kindes ging ihr durch Mark und Bein. Nicht nur seelisch war sie kaputt, sie hatte körperliche Schmerzen, fühlte sich elendig und wollte nur noch sterben. Aber sie konnte nicht, nicht bevor sie wusste, dass es ihm gut ging, ihrem Baby. Die ganze Nacht grübelte sie, bis sie endlich den Mut fasste, den Kommissar Christian Hanke anzurufen. Es war fast vier Uhr nachts, das war ihr irgendwie gar nicht bewusst, doch er meldete sich. Schlaftrunken und irritiert, sie merkte es, aber nun musste sie durch.

»Hier ist Sophia Keller, erinnern Sie sich?«, stotterte sie vor sich hin und schluckte schwer, denn sie war unheimlich nervös. Die Angst kroch ihr den Nacken empor und sie war stocksteif, als sie endlich die Antwort wahrnahm.

»Ja, ich erinnere mich«, hörte sie ihn kurz und knapp antworten. Er räusperte sich und schien sich aufzusetzen. Sie sah ihn förmlich vor sich, wie er sich aus dem Bett quälte, weil eine Verrückte bei ihm anrief.

»Es…«, begann sie. »Es tut mir leid, aber ich brauche Sie«, kam es aus ihr heraus.

»Was ist passiert?«, fragte der Kerl, der, genauso wie sie, das Leben zu hassen schien. Schon damals war ihr das aufgefallen. Er war vermutlich Ende vierzig, geschieden und gelangweilt oder genervt vom Leben. Das war unübersehbar. Außerdem war er schmuddelig, unrasiert, trug alte Klamotten und sah aus, als würde er gern einen über den Durst trinken. Vielleicht war genau das der Grund, weshalb er nun nicht auflegte. Er kannte das Leben und wusste, dass es manchmal nicht auf die Uhrzeit ankam. Dass es manchmal nötig war, im Hier und Jetzt zu handeln.

»Ich habe mein Baby gefunden«, flüsterte sie und konnte die Tränen nicht zurückhalten. Sie bebte, schluchzte und konnte minutenlang nichts sagen.

»Beruhigen Sie sich, wo sind Sie?«, wollte er wissen und sie versuchte, wieder klar zu denken. Sie musste, denn jetzt gab es kein Zurück mehr.

»In Berchtesgaden. Ich arbeite in einem Hotel«, begann Sophia und erzählte alles. Es sprudelte nur so aus ihr heraus. Endlich konnte sie mit jemandem reden, der sie kannte, der ihr vielleicht sogar helfen konnte. Christian Hanke war bereit, ihr zu helfen, und sie atmete erleichtert aus.

»Ich komme morgen gegen Mittag, früher kann ich nicht dort sein. Ich schicke morgen Vormittag die Kollegen aus Berchtesgaden vorbei. Sie sollen Sie mit aufs Revier nehmen. Dann sehen wir weiter«, entschied er und sie war einverstanden. Als sie auflegte, zitterte sie am ganzen Körper. Ihr war eiskalt, denn nun würde ihr jemand helfen. Ja, es musste sein. Sie streifte ihre Kleidung ab, sah den dünnen Körper im Spiegel und stieg unter die Dusche. Das Zittern hörte auch nicht auf, nachdem sie nach fünfzehn Minuten das Wasser abstellte. Sie war von innen heraus erfroren und konnte sich nicht mehr wärmen. Die nächsten Stunden vergingen wie im Traum, sie ging auf und ab und hatte fürchterliche Angst vor der Konfrontation mit den Bergers. Sie rechnete mit dem Schlimmsten, mit Beschimpfungen und vielleicht sogar Gewalt. Aber wenn die Polizei hier wäre, waren sie und Toni sicher. Irgendwann am Vormittag hielt sie es in ihrem Personalzimmer nicht mehr aus, sie musste raus. Wie immer war sie vor einem bevorstehenden Ereignis nervös und schon fast krank. Der Schweiß stand ihr auf der Stirn. Das

Warten auf einen Kampf war oft schlimmer als die eigentliche Konfrontation, denn dann hatte das Warten zumindest ein Ende.

Die Luft tat gut, sie atmete tief ein und aus. Dann sah sie ihn und ihr Herz blieb stehen. Toni saß auf der Schaukel und träumte vor sich hin, genau wie sie es immer tat. Nervös sah sie sich um, er schien allein zu sein und sie ging auf ihn zu. Oft hatte sie schon mit ihm gespielt und er winkte ihr zu. Dann setzte sie sich auf die Schaukel, nahm ihn auf ihren Schoß und sie schaukelten bis zum Himmel hoch. Kurz schloss sie die Augen, als sie Kirstens Stimme hörte und sie schwer schluckte. Es begann.

Nun, eine Stunde später saß sie allein in einem Raum in der Polizeistation Berchtesgaden. Die Bergers waren in einem anderen Raum untergebracht. Sie wüteten immer noch gegen Sophia, doch die Polizei beruhigte sie. Bernd und Kirsten mussten mitkommen, denn offenbar hatte Christian Hanke für Sophia gesprochen. Er setzte sich für sie ein, das hatte sie von der Polizistin, die sie abgeholt hatte. Diese war nett, bisher. Nervös ging sie in dem kleinen Raum auf und ab, genauso wie Stunden zuvor in ihrem Zimmer.

Die Nacht zuvor hatte sie kein Auge zugetan, würde es wohl auch länger nicht tun. Erst wenn sie beweisen konnte, dass es ihr Sohn war, würde sie wieder Ruhe finden.

Noch eine Stunde später öffnete sich endlich die Tür und sie sah in die müden Augen von Kommissar Christian Hanke. Ihr traten sofort Tränen in die Augen, denn endlich bekam sie ein vertrautes Gesicht zu sehen. Endlich. Am liebsten hätte sie diesen schmuddeligen Kerl, der nach Zigarettenrauch stank, umarmt, doch das wäre lächerlich gewesen. Seine Miene war finster, wie schon vor fünf Jahren, doch das mochte Sophia. Sie hasste Menschen, die ständig lachten, denn das fand sie aufgesetzt und verlogen. Keiner lachte immer, jeder hatte Probleme, doch die wenigsten gestanden sich diese ein.

Er reichte ihr die Hand, sein Händedruck war fest, seine groben Hände gelb vom vielen Rauchen. Sophia sah ihm tief in die Augen, versuchte zu ergründen, ob er ihr wirklich helfen wollte. Aber er war hier, das war mehr, als sie sich erhofft hatte.

»Sie sehen gut aus, Sophia«, nickte er ihr zu und lächelte. »Erzählen Sie mir noch mal alles.«

Nachdem er ihre Version erneut gehört hatte, stand er auf, öffnete das Fenster und zündete sich eine Zigarette an.

»Auch eine?«

»Nein, ich bin clean. In jeglicher Hinsicht.« Er nickte und ein Lächeln huschte über sein Gesicht.

»Gut so, bei mir wird das wohl nichts mehr«, hustete er und sah aus dem Fenster. Sie hasste es, wenn Menschen schwiegen, denn sie wollte hören, was sie dachten. Und die Meinung von Hanke war ihr enorm wichtig.

»Nun ja, es klingt alles sehr verworren, ich bin ehrlich. Aber ich habe meine Kontakte und werde versuchen, einen DNS-Test machen zu lassen. Es wird nicht leicht, aber ich habe bei der Staatsanwältin etwas gut«, er war so ehrlich wie schon vor Jahren. Das mochte sie an ihm, er hielt sich nicht immer an das Gesetz, schon damals nicht.

»Okay, das ist gut. Okay!«, kam es von ihr.

»Du solltest nach Hause fahren, hier kannst du nicht bleiben. Ich nehme dich mit, nachdem ich die Familie Berger befragt habe.«

Sophia nickte und bedankte sich, ein Stein fiel ihr vom Herzen. Ein beklemmendes Gefühl blieb aber natürlich zurück.

Die Ehe der Bergers

Bernd und Kirsten

Er packte sie am Hals, fest, wie schon so oft. Doch diesmal sah sie noch mehr Hass, noch mehr Wahnsinn in seinen Augen. Sie japste und versuchte zu schlucken, doch es ging nicht. Ihre Augen weiteten sich, sie hatte Angst. Mehr als sonst, denn diesmal war sie wirklich schuld.

»Du bringst unsere Familie in Verruf. Was hast du getan?«, wütete er und schubste sie weg von sich. Sie schnappte nach Luft, hielt sich die Hände an den Hals und keuchte. Wie ein Häuflein Elend kauerte sie auf dem Boden, versuchte, sich schnell aufzurappeln, denn sonst würde ein Schlag folgen. Vermutlich in den Magen, wie immer. Aber nein, er drehte sich weg von ihr.

»Sag mir, auf was ich mich einstellen muss«, sagte er betont ruhig, was sie noch panischer machte.

»Auf nichts! Ich habe nichts getan. Das ist alles eine Lüge«, flehte sie ihren Mann an, der sich eine Zigarette anzündete. Noch nie hatte er im Haus geraucht, er war verzweifelt, er war sauer, er war zu allem bereit.

»Du erzählst mir jetzt alles. Ich sehe es dir an, du lügst«, brüllte er und schlug auf den Tisch. Sie zuckte zurück, wich bis an die Wand, stand geschockt da und zitterte.

»Nein, ich lüge nicht, er ist mein Kind. Der Test wird es beweisen«, flüsterte sie, traute sich nicht, ihm in die Augen zu sehen.

»Sollte es anders sein, bringe ich dich um«, spukte er ihr entgegen und sie hatte keine Zweifel an seinen Worten. Er würde sie töten. Dann verließ er den Raum und schlug die Tür hinter sich zu. Sie glitt zu Boden, atmete erleichtert aus und weinte. Ihre Ehe war die Hölle, auch wenn sie nach außen hin so perfekt wirkte. Sie redete es sich selbst ein, tagtäglich. Denn ja, sie liebte ihren Mann, mehr als alles andere. Er hatte ihr eine Welt eröffnet, die sie niemals sonst betreten hätte. Sie konnte sich alles leisten, ja, sie musste dafür auch arbeiten, aber in einem der schönsten Orte überhaupt. Ihre Schwiegereltern waren liebevolle Menschen, sie durfte sich also nicht beschweren. Die gelegentlichen Auseinandersetzungen in Form von Gewalt blendete sie aus. Dass sie kaum mehr atmen konnte und immer Angst hatte, etwas Falsches zu tun, bemerkte sie selbst fast nicht mehr. Sie befand sich in einem tödlichen Kreislauf und das, was nun vor sich ging, würde vielleicht alles zerstören.

»Mami! Mami«, hörte sie ihren Sohn rufen und sofort wischte sie sich die Tränen weg und legte sich neben ihren träumenden Sohn. Sie strich ihm über die nasse Stirn.

»Ich bin da. Ich bin immer bei dir«, flüsterte sie ihm zu und kuschelte sich an ihn. Er hatte hier in den Bergen eine hervorragende Kindheit, würde die beste Ausbildung bekommen, und das war alles wert. Kirsten liebte ihn und würde ihn immer beschützen, koste es, was es wolle. Schon immer, schon damals und auch in der Zukunft stand ihre Familie an erster Stelle.

Christian Hanke

»Guten Tag, Hanke«, begrüßte der Kommissar Kirsten Berger und bemerkte sofort, wie ihn diese musterte. Oh, wie er solche Weiber hasste. Von oben bis unten geglättet, arrogant und von Haus aus der Meinung, im Recht zu sein. So auch diese Dame hier vor ihm. Er strich sich seine blonden, etwas längeren Haare zurück, sie waren fettig, er hatte keine Zeit mehr zu duschen, ehe er aufgebrochen war. Seine Hände fuhren dann über seinen Dreitagebart, der ebenfalls wieder mal Pflege benötigte, jedoch interessierte es ihn eigentlich auch gar nicht, wie er aussah.

»Was soll das?«, ging sie ihn an, ohne sich vorzustellen, doch das beeindruckte Hanke nicht, der mit seiner Größe und Masse immer Eindruck hinterließ. Er hatte sich dazu entschlossen, das Ehepaar getrennt zu befragen, denn damals waren die Bergers offenbar noch kein Paar gewesen. Sie war es, wenn dann, sie allein. Hanke verschränkte die Arme vor der Brust.

»Setzen Sie sich wieder, Frau Berger«,

entgegnete er mit deutlicher Stimme und verwies die aufgebrachte Frau in ihre Schranken. Daraufhin setzte sie sich, verschränkte ebenfalls die Arme vor ihrer Brust und funkelte ihn böse an. Offenbar gefiel ihr sein Outfit nicht, denn sie rümpfte beinahe die Nase. *Arrogante Schlampe*, dachte er sich sofort.

»Sie wissen, wieso Sie hier sind?«

»Ja, weil diese Verrückte behauptet, ich hätte ihr Kind entführt, aber das ist lächerlich«, erklärte sie aufgebracht, jedoch mit bebender Stimme, so tough war sie also doch nicht.

»So lächerlich ist das Ganze nicht, Frau Berger. Denn das Kind von Frau Keller wurde entführt, vor fast fünf Jahren. Auf einer Schnellstraße, die genau nach Berchtesgaden führt. In einem weißen Mercedes, so einen, wie Sie ihn fahren«, begann er das Gespräch, doch Frau Bergen schien nicht beeindruckt.

»Ich will meinen Anwalt sprechen.« Jetzt kam sie mit dieser Anwaltsscheiße. Ach Gott, wie sich reiche Menschen immer gleich angegriffen fühlten. Es war doch immer das Gleiche.

»Sie wollen einen Anwalt? Sehr gern, doch wenn Sie nichts zu verbergen haben, was befürchten Sie dann?«, fragte er und zündete sich eine Zigarette an, diesmal öffnete er aber kein Fenster. Er provozierte sie, er entgegnete ihr mit seiner Macht.

»Ich sage kein Wort ohne Anwalt«, drohte Kirsten.

»Wie Sie wollen.« Hanke stand auf und ging hinaus, ohne ein Wort des Abschieds. Sollte sie sich ruhig einen Anwalt nehmen, er würde den DNS-Test trotzdem kriegen, denn die Staatsanwältin hatte keine Wahl. Was er vor einem Jahr für sie getan hatte, ließ keinen Spielraum. Er hatte Beweise verschwinden lassen, die ihren Sohn der Vergewaltigung überführt hätten. Er hatte ekelhafte Dinge getan, aber er brauchte damals das Geld. Die Schulden, die er hatte, mussten beglichen werden. Aber kein Geld der Welt konnte das wiedergutmachen, was er für sie getan hatte. Also hatte er nun etwas gut, das war genau dieser DNS-Test.

Er mochte Sophia Keller, das verkorkste Mädchen mit dem Baby am Rücken, an der Schnellstraße. High, betrunken und kaputt. Und, sie hatte ihr Kind nicht getötet, auch wenn er das anfangs sofort geglaubt hatte. Sie hatten einen Tag lang im Wald nach dem Kind gesucht, doch die Leichenspürhunde schlugen nicht an. Es war so, wie sie gesagt hatte. Es musste so gewesen sein. Und diese Kirsten Berger hatte etwas zu verbergen, denn sie fühlte sich sofort angegriffen, war nervlich am Ende. Was daraufhin deutete, dass sie Angst hatte. Aber wieso, wenn doch alles in Ordnung war? Er roch förmlich die Falschheit, die diese Frau ausstrahlte. Er unterhielt sich noch kurz mit dem geleckten Ehemann, der aber ruhig wirkte. Er wusste entweder nichts oder war ein guter Schauspieler. Andere Kommissare hätten den Fall nur wegen der Aussage und Behauptung von Sophia nicht wieder aufgerollt, doch er brauchte etwas. Irgendetwas Gutes im Leben. Hanke wollte, dass es Adam war. Er wünschte es sich innerlich. Nach dem Gespräch fuhr er Sophia zurück in ihre Wohnung und machte sich anschließend auf nach München.

Während sie die Schnellstraße entlangfuhren, die Sophia damals mit ihrem Kind am Rücken entlanggegangen war, schwiegen sie. Auch Christian Hanke erinnerte sich an die Tage im Sommer, als sie den Wald durchforstet, Zeugen befragt und das Kind doch nicht gefunden hatten. Es war ein seltsamer Fall, der ihm immer im Kopf blieb, und jetzt hatte er vielleicht das Glück, ihn aufklären zu können. Er setzte Sophia vor dem Wohnblock ab und versicherte ihr, wenn es ihr Sohn wäre, würde er es beweisen.

Christian Hanke beobachtete im Rückspiegel die Frau, die so viel stärker war als er selbst. Sie stand unschlüssig vor dem Hochhaus, sah nach oben und verschwand dann aus seinem Blickwinkel. Er kannte solche Hochhäuser nur zu gut, war er doch selbst in einem Hochhausviertel in München aufgewachsen. Er mochte es dort, denn es war lebendig, die Menschen waren verschieden und doch alle gleich. Sie wollten weg und doch blieben sie, meist ihr ganzes Leben lang. So auch Hanke. Er wohnte zwar nicht mehr in dem Viertel seiner Kindheit, aber in einem anderen Plattenbau, heruntergekommen, abgefuckt und doch lebendig und sein Zuhause.

Sophia

Eine Woche war vergangen, eine Woche, die sich zog wie ein ganzes Leben. Hanke hatte sich bei ihr gemeldet. Sie würden den Test bekommen und er würde sofort durchgeführt werden, doch es würde eine Woche oder länger dauern, bis das Ergebnis da wäre. Sie tigerte umher, wusste nichts mit ihrer Zeit anzufangen, denn auf die Straße musste sie nun nicht mehr. Es wäre sinnlos, denn nun wusste sie ja, wo ihr Kind war. So blieb sie in der Wohnung und starrte aus dem Fenster, auf ihr Handy oder weinte. Sie hatte Panik vor dem Leben, das sie nun erwartete. Sie hatte dann wieder ein Kind. Ein Kind, das seine wahre Mutter nicht kannte, vielleicht sogar hasste. *Wie sollte das alles weitergehen*, fragte sie sich tagein, tagaus. Bis es an der Tür klingelte. Sie zuckte zusammen und öffnete ängstlich. Hanke stand vor ihr, sein Blick sagte eigentlich schon alles. Sie weinte noch, ehe er ihr die Wahrheit sagte, die sie nun überrollte und fast umbrachte.

»Er ist es. Er *muss* es sein«, schrie sie und hämmerte auf seine Brust ein. Hanke nahm sie, trug sie in ihre Wohnung und schwieg, stundenlang. Sophia hielt den Test in der Hand und konnte nichts sagen. Das Ergebnis stimmte nicht, sie hatte die Frau doch erkannt. Er musste es doch sein. Ihr Leben entglitt ihr erneut. Sie fiel, ohne aufzuschlagen. Alles um sie herum drehte sich und sie sehnte sich zum ersten Mal nach einem Druck. Sie wollte sterben, und doch starb sie wieder nicht. Hanke blieb die ganze Nacht, kochte ihr Tee und war für sie da. *Er ist ein Polizist, wieso tut er das*, fragte sie sich.

»Sie hat ihn vielleicht verkauft? Oder getötet, aber sie war es. Sie müssen mir glauben.«

»Ich bin Hanke«, sagte er und sie sah ihn irritiert an. Er streckte ihr die Hand entgegen. »Wir duzen uns von nun an, einverstanden?«, sagte er und sie nickte nur, denn was sollte das bringen? Morgen würde er aus ihrem Leben verschwinden, für immer. Bis sie wieder jemanden verdächtigte und wieder auf die Schnauze flog, wie immer im Leben. Hanke zündete sich eine Zigarette nach der anderen an, er schien in Gedanken zu sein. Ging auf und ab, wirkte beinahe genauso geschockt wie Sophia selbst.

»Du hast dich vielleicht getäuscht. Solche

Tussis sehen doch alle gleich aus, oder nicht?«, warf er in den Raum, und sie wusste darauf keine Antwort. Ja, vielleicht hatte sie sich wirklich getäuscht. Vermutlich, es musste ja so sein. *Aber der Wagen, das Alter des Kindes, gab es so viele Zufälle?*

»Ich werde den Fall wieder aufrollen. Ich hätte es schon lange tun sollen, aber ich hatte und habe auch jetzt nicht wirklich einen neuen Anhaltspunkt. Doch ich werde ihn aufrollen, koste es, was es wolle.« Sophia traute ihren Ohren nicht.

»Wieso hilfst du mir?«, fragte sie, denn sie konnte sich darauf keinen Reim machen. *Die letzten fünf Jahre hat sich niemand für ihren Sohn interessiert, wieso also jetzt?*

»Weil ich sonst nichts zu tun habe, und weil ich wissen will, was geschehen ist«, antwortete er eiskalt. Sie unterhielten sich die ganze Nacht und Hanke machte sich Notizen. Am frühen Morgen verabschiedete er sich mit den Worten: »Bleib sauber, Mädchen. Knick nicht ein. Ich kümmere mich.« Sie war froh über diese Worte. Wäre er nicht bei ihr geblieben, sie wäre aus dem Fenster gesprungen, in jedem Fall. Auch wenn sie nun nicht weiter war als vorher, sie wollte warten. Springen konnte sie immer noch. Irgendwann.

Christian Hanke

Hanke saß in seiner Wohnung, die völlig vermüllt war, denn er ließ sich gehen, hasste sich und die Welt. Vertrank und verspielte sein Gehalt, das er als Ermittler bekam. Schlief mit der alten Staatsanwältin, holte deren Sohn aus der Scheiße. Alles hatte er darangesetzt, den Fall neu aufrollen zu dürfen, Sophia zu helfen, denn er wollte weg aus seinem Team, weg aus der Mordkommission, zumindest für eine Weile. Er brauchte etwas, das ihn am Leben hielt, und Sophias Fall war so einer.

Hanke durfte den Fall neu aufrollen, aber er musste es allein tun. Keine Hilfe, keine Mitarbeiter, nichts. *Cold Case*, das war nun sein neues Aufgabengebiet. Das war der Deal. Alte Fälle lösen, die keiner mehr wollte, und es war ihm recht. Kein Mensch, der ihm reinredete. Er allein, mit seinem ganzen Hass auf die Welt. Er holte sich alle Unterlagen in sein Büro, das er sich mit seiner Kollegin und deren Katze teilte. Er hasste dieses Vieh, doch die Kollegin war in Ordnung. Auch ein schräger Vogel, genau wie er. Er wusste nicht, wieso er es tat, er machte

Sophia Hoffnungen, wo vermutlich keine waren. Nur weil er den Deal mit der Staatsanwältin hatte, konnte er überhaupt wieder ermitteln. Doch was hatte er sonst noch? Nichts? Eine Bude, die leer und kalt war. Eine Ex-Frau, die ihn hasste. Einen toten Hund, den er vor einem Monat begraben hatte. Er war innerlich vollkommen leer. Er brauchte etwas, das ihn am Leben hielt. Und wenn es ein verschwundenes Baby war, dann war es so.

Er ging an seinem Briefkasten vorbei, entschied sich aber, umzudrehen und endlich die vielen Briefe, Rechnungen und Mahnungen zu lesen. Irgendwann musste er sich seinem Leben ja wieder stellen. Er entnahm sicherlich um die sechs oder sieben Briefe, die Werbung schmiss er sofort weg. Oben in seiner Wohnung angekommen, ging er die Post durch und sein Blick fiel auf eine Karte. Sofort wusste er, um was es sich dabei handelte. Jedes Jahr bekam er sie. Diesmal war eine Katze darauf, die auf der Toilette saß.

Alles Gute zum Geburtstag! Ellie

Ohne mit der Wimper zu zucken, zerriss er die Karte und warf sie in den Papiermüll. Seine Halbschwester, zwanzig Jahre jünger als er, schickte ihm jedes Jahr zum Geburtstag eine Karte. Keine hatte er je beantwortet, denn er wollte nichts mehr mit irgendjemandem aus seiner Familie zu tun haben. Er kannte Ellie nicht wirklich. Früher hatten seine Mutter und er Ellie, die damals noch ein Baby gewesen war, und deren Mutter ab und an besucht. Da war er auch schon erwachsen und hatte es nur seiner Mutter zuliebe getan. Der gemeinsame Vater, ein alter, dreckiger, bösartiger Sack, war kurz nach Ellies Geburt gestorben. Das war ihr großes Glück, Hanke hatte es leider nicht gehabt. Diese Ellie gehörte nicht zu seinem Leben, auch wenn sie immer wieder den Kontakt zu ihm suchte. Auch ihre Mutter war bereits tot, das wusste er. Sie hatte es mal in einer Karte erwähnt. Es war ihm egal, diese Frau hatte ihm nie etwas bedeutet.

Lange dachte er nicht über seine Schwester nach, denn er musste endlich mal seine Rechnungen bezahlen, was er nun tat. Danach widmete er sich dem Fall Sophia und Adam.

Nächtelang schlug er sich um die Ohren, um alte Berichte zu lesen, Zeugenaussagen zu analysieren. Er trank nebenbei, aß kaum und hoffte. Auf was, das wusste niemand. Alle Kollegen hielten ihn für durchgeknallt, wobei das nicht erst seit diesem Fall so war. Nichts, er fand nichts, worauf er sich stürzen konnte. *Zefix*, es war so schwer. Er wollte es Sophia nicht sagen, aber er musste. Er konnte nicht Monate mit dem Zeug verbringen, es gab einfach keine Spur. Die Bergers verhielten sich ungewöhnlich ruhig, nachdem klar war, dass Sophia sich geirrt hatte. Sie suchten sogar noch das Gespräch mit ihr und wünschten ihr alles Gute. Das kam ihm zwar schon komisch vor, aber was wusste er schon von der High Society? Also machte er sich nach fast genau einem Monat wieder auf den Weg zu Sophia. Er hatte eine Telefonnummer einer Psychologin im Gepäck, wusste aber, sie würde sowieso nicht anrufen. Er kannte Menschen wie sie, war er doch selbst jemand, der sich nicht gern helfen ließ. Hanke hatte nur das Glück, oder sollte er es Pech nennen, einen tyrannischen Vater zu haben, welcher der beste Kommissar von München gewesen war und ihn dazu gedrillt hatte, in seine Fußstapfen zu treten. Das Wort seines Vaters war Gesetz, und er tat, was dieser verlangte, denn er hatte schon einmal bewiesen, dass er zu allem fähig war. Sein älterer Bruder hatte mit seinem Leben bezahlt.

Es verwunderte ihn, dass Sophia seit einem Tag nicht online war und auf keine Nachricht von ihm reagiert. Als er dann Sturm klingelte und niemand öffnete, brach er die Tür auf und hatte den Verdacht, er würde sie tot in der Wohnung finden. Vorsichtig ging er nun durch die aufgebrochene Tür, sein Herz hämmerte in seiner Brust, als er durch die Wohnung schlich. Auf der Hut, in wenigen Sekunden auf die Leiche von Sophia zu treffen.

Doch sie war nicht da, alles war leer und er beruhigte sich. Ihre Leiche zu finden wäre in seiner Lage das Schlimmste gewesen. Nachdem er sich gefangen hatte, sah er sich um. Die Wohnung war aufgeräumt, ihre Kleider waren da, der Ausweis – nur von ihr fehlte jede Spur. Das blieb auch einen Tag später so. Er leitete eine Fahndung ein, doch eigentlich interessierte sich niemand für das Schicksal einer Gescheiterten. Doch er gab nicht auf und fuhr direkt am zweiten Tag nach Berchtesgaden, irgendetwas zog ihn regelrecht dorthin. Er fragte in der Pension nach, in der sie Monate zuvor gelebt hatte, befragte die Bergers, die nun wieder saufreundlich waren, doch niemand hatte sie gesehen. Keine Überwachungskamera hatte sie gefilmt, nichts. Und als er schon aufgeben wollte, klingelte sein Handy.

»Wir haben sie«, sagte seine schrullige Kollegin. Er war erleichtert, doch nur für einen Moment.

»Freu dich nicht zu früh, sie ist in einem beschissenen Zustand, wurde übel zusammengeschlagen, ins Wasser geworfen und liegt im Koma.« Ihm entglitten alle Gesichtszüge und er schleuderte sein Handy an die Wand. »*Kruzefix*, das kann doch nicht wahr sein«, fluchte er und war der Verzweiflung sehr nahe.

Er sah hinauf zu den Bergen, doch fühlte keine Macht und auch keine Ehrfurcht, nur Hass. Eine junge Frau, die bereits alles verloren hatte, doch all ihren Lebensmut zusammennahm, um ihr Kind zu suchen, lag im Koma. Er konnte sich darauf keinen Reim machen, kehrte zurück zum Wagen und startete den Motor. Sofort machte er sich auf den Weg in das Münchner Krankenhaus, in das sie geflogen worden war. So sehr bereute er, dass er sich so viele Jahre nicht um sie gekümmert hatte. Traurig fuhr er nach München und wusste, er war ein schlechter Mensch. Als Kommissar tat er das, was er tun musste, aber als Mensch war er ein Arschloch.

Damals stockten die Ermittlungen und so musste man sich anderen Aufgaben widmen. Andere Morde klären, andere Vergewaltiger schnappen. Es war ein einziger trauriger Kreislauf eingetreten, aus dem es kein Entrinnen gab. Er schwamm darin, jahrelang und hinterfragte nichts. Nicht, wie ermittelt wurde. Nicht, in welch schlimmen Zuständen manche Menschen lebten. Nichts. Er arbeitete, trank, ging fremd. Er war ein Versager, kläglich gescheitert.

Hatte immer wieder krumme Dinger gedreht, doch wie sollte man es auch anders machen? Die Gesetze in Deutschland waren strikt, doch setzten die Ermittler auch unter Druck. Möglichst viel aufklären, aber immer mit Fingerspitzengefühl. Nie Gewalt anwenden, auch wenn noch so ein gewalttätiger Psychopath vor einem saß. Einer, der Menschen verspeiste, einer der seine Eltern ermordete, ein Vergewaltiger, ein Schläger, alle hatte er sie und hätte sie am liebsten getötet. Doch er hatte nur weitergemacht mit dem nächsten Irren und war dabei fast selbst einer geworden. *Wie konnte er nur den Sohn der Staatsanwältin davonkommen lassen?* Die Beweislage war eindeutig und dennoch hatte er Beweise fingiert und verschwinden lassen. Er konnte sich selbst nicht mehr im Spiegel ansehen, so erbärmlich fand er sich. Nun, da er sich dazu entschlossen hatte, Sophia zu helfen, lag diese verprügelt im Krankenhaus. Er konnte es nicht fassen.

Im Koma

Sophia

Täglich hatte sie mit Hanke telefoniert, doch er kam nicht wirklich voran. Sie merkte aber, er hängte sich rein und das war mehr, als sie verlangen konnte. Er war ein feiner Kerl, auch wenn er das nie zugeben würde. Doch sie konnte nicht mehr länger warten, sie musste etwas tun, und das hieß, die Wohnung zu verlassen. Wieso sie ein ungutes Gefühl hatte, konnte sie nicht mal genau sagen, aber sie fühlte sich beobachtet. Mehrfach blickte sie sich um, doch da war niemand. Kein Mensch verfolgte sie, als sie sich auf den Weg zur Schnellstraße machte. Es war wie nach Hause zu kommen. So viele Stunden hatte sie auf dieser Straße verbracht. Schon damals, als ihr Sohn noch auf ihrem Rücken gewesen war, hatte sie hier gestanden und den Daumen nach draußen gesteckt. Heute wollte sie sich nur ablenken, raus aus dem Alltag, um zu vergessen. Aber ihre Gedanken kreisen nur um die Familie Berger. Sie hatte es in den Augen der Frau gesehen, der ertappte Blick, sie hatte etwas mit dem Verschwinden von Adam zu tun. Auch wenn es letztendlich nicht Toni war, sie wusste, wo Adam war. Also beschloss sie, nach zwei Stunden des Laufens, nach Berchtesgaden zu trampen, sie wollte noch mal mit Kirsten Berger sprechen.

Ach, was wusste sie schon noch, was sie wollte, während sie im Auto saß, neben einem alten Mann, der in ein Hotel in Berchtesgaden zum Jagen fuhr. Er schwieg und auch Sophia wusste nichts zu sagen. Sie brauchten wesentlich länger als vor Monaten, als sie mit dem Familienvater unterwegs war. Doch der Mann war alt, sie schätzte ihn auf fast achtzig. Sie war froh, dass sie überhaupt jemand in diese Richtung mitgenommen hatte. Lange dachte sie die letzte Zeit über ihr Schicksal nach. *Wieso hatte sie ihren Sohn im Wagen gelassen und wieso traf ausgerechnet sie auf eine Frau, die ihn nicht mehr zurückgab? Vielleicht sollte es genauso sein, vielleicht wollte Gott es so. Oder vielleicht war es einfach nur ein blöder Zufall.* Sophia wusste langsam nicht mehr, was sie glauben sollte und was nicht. Als sie den Mercedes auf dem Parkplatz sah, den braunen

Schutz über dem Lenkrad, da war es, als würde sie wieder in die Vergangenheit reisen. Sie sah die schlanken, langen und manikürten Fingernägel, die Ringe an den Fingern. Sie roch den Geruch des Wagens und das Parfüm der Frau, die ganz in Ordnung wirkte. Alles sah so aus wie damals, nur der Kindersitz war nicht mehr im Wagen. Der Kindersitz, der offenbar Toni gehört hatte, dem Kind, von dem sie dachte, das es ihres wäre. Aber der Test bewies das Gegenteil. *Hatte sie sich vielleicht doch getäuscht? Bildete sie sich ein, dass es ein Mercedes gewesen war*. Damals war sie sich nicht so sicher gewesen. Scheiße, sie war high und zugedröhnt durch die Nacht gestapft. Sie war eine Versagerin, und ehe sie sich versah, begann sie zu weinen. Leise, in sich hinein. Doch der alte Mann bemerkte es, hielt an, stieg aus und sie war irritiert. Dann öffnete er die Beifahrertür, bat sie hinaus. Angst strömte durch ihren Körper, er würde sie hier, mitten in der Pampa aussetzen, doch das tat er nicht.

»Schrei!«, befahl er und sah sie an. »Schrei deinen Kummer hinaus!«, und sie tat es. Sie schrie in den grünen Wald hinein, in die Bäume, in den Himmel. Sie schrie, so laut und heftig sie nur konnte. Es war schwer, wieder aufzuhören, denn es tat unendlich gut. Als sie fertig war, schämte sie sich, stieg in den Wagen und der alte Mann fuhr los.

»Das half mir immer, Mädel«, sagte er. »Das Leben ist meist grausam, doch ich kann dir sagen, es wird nicht besser.« Dann lachte er und auch Sophia musste lachen. *Was mochte dieser alte Mann wohl schon alles im Leben mitgemacht haben? Aber konnte es wirklich schlimmer sein als das, was ihr geschehen war?* Sie konnte das nicht glauben.

Kein Vater, aufgewachsen in Armut, zwischen Kippen und Flaschen ihrer Mutter, diese immer besoffen. Schlagende Stiefväter, schlechter Umgang. Und dann, zu guter Letzt, verlor sie noch ihr Ein und Alles. Ihr Kind. Auch wenn sie nicht die beste Mutter war, sie hatte Adam geliebt, ihn nie allein gelassen, ihn immer gewickelt und gefüttert. Sie hatte viel mit ihm gelacht, er hatte es doch gut bei dir. *Doch hatte das ihre eigene Mutter nicht auch gedacht?* Sie war doch auch immer davon überzeugt gewesen, eine gute Mutter gewesen zu sein, war es aber noch nie. Sophia atmete durch, sie musste sich sammeln, denn in wenigen Minuten würden sie im Ort ankommen. Dann würde sie aussteigen und entscheiden, was sie tun würde. Der alte Mann umarmte sie, als sie sich verabschieden, er roch nach *alter Mann* und Aftershave. Wie gern hätte sie einen Opa wie ihn gehabt. Doch selbst das war ihr verwehrt geblieben. Sie bedankte sich und wünschte ihm einen schönen Urlaub, dann zog sie davon und machte sich auf den Weg zu den Bergers, kam aber dort nie an. Denn ein Auto stoppte neben ihr, noch bevor sie hundert Meter gegangen war.

Es war Bernd Berger, er hielt neben ihr an.

»Was wollen Sie hier?«, keifte er sie an, sie trat einen Schritt zurück, denn er wirkte sehr aggressiv.

»Nichts, ich will gar nichts hier. Lassen Sie mich in Ruhe«, stotterte sie, denn sie wusste nicht, was sie hier wollte, das war die Wahrheit.

»Steigen Sie ein«, befahl Berger und nickte ihr zu. Dabei zog er seine Augenbrauen nach oben.

»Wieso sollte ich?« Ängstlich sah sie sich um, doch kein Mensch war zu sehen. Der alte Mann war weg, sie war etwas außerhalb des Ortes. Nein, sie würde nicht einsteigen. Niemals.

»Sie wollten den Ruf meiner Frau ruinieren.

Wieso?«, fragte er, was sie leicht irritierte.

»Was interessiert mich der Ruf ihrer Frau? Ich wollte nur meinen Sohn finden. Ich dachte wirklich, ihr Kind wäre mein Adam«, erklärte sie nun, denn er dachte wohl, sie hätte sich das ausgedacht.

»Wie kommen Sie auf so einen Müll. Toni ist unser Sohn, das hat der Test ergeben. Also wieso sind Sie hier?«

»Ich weiß es nicht«, flüsterte sie nervös und ließ ihre Schultern fallen. »Ich weiß es doch wirklich nicht!« Sie ging einfach weiter, rechnete schon fast damit, dass er sie ins Auto zerren würde, doch er fuhr an ihr vorbei, sie sah, wie er den Kopf schüttelte.

Drei Stunden später lag sie im Flussbett, vergewaltigt, fast erwürgt, geschlagen und gepeinigt. Sie spürte nichts mehr, sie fühlte nichts mehr, und das war das Schönste daran. Sie vergaß ihren Sohn, und das tat unendlich gut. Als sie die Augen schloss, spürte sie die Kälte des Flusses, schmeckte das Wasser in ihrem Mund und hoffte zu ertrinken. Aber sie ertrank nicht, sondern sie wurde aus dem Wasser gefischt. Zwei Jugendliche trieben sich hier rum, in der Nähe einer Brücke und rauchten einen Joint. Dann sahen sie die Nackte im Wasser und fischten sie heraus, sie belebten sie wieder. Sie hatten erst eine Woche zuvor einen Erste-Hilfe-Kurs absolviert, also setzten sie alles daran, sie am Leben zu halten. Als endlich der Notarzt kam, wurden sie erlöst. Sie würden den Anblick dieser jungen Frau nie wieder vergessen. Sophia würde nie aufhören, diese beiden Jungen zu hassen, denn sie hinderten sie daran, zu sterben und endlich ihr Leben hinter sich zu lassen.

Tage später, Sophia lag nun in einem Krankenhausbett. Sie sah nicht das, was sich um sie herum abspielte, nein, sie sah nur die Vergangenheit, einfach alles. Es war nun so klar, so eindeutig. Alles spielte sich vor ihrem geistigen Auge ab, während sie für die nächsten Jahre dahinvegetierte. Der Täter würde nie gefasst werden, niemand hatte was gesehen oder gehört. Die Jugendlichen wurden gelobt für ihr schnelles und bedachtes Handeln, doch Sophia sollte sich nie bei ihnen bedanken können. Denn sie wachte nicht mehr auf. Jedenfalls nicht sehr schnell

Ein Jahr lag sie im Koma, keiner rechnete mehr mit ihrem Erwachen. Sie wurde gewaschen, künstlich ernährt und gewickelt. Niemand ahnte, welche Tätigkeiten sich in ihrem Gehirn abspielten. Es war ein grausamer Wechsel aus Freude und Verlust. Mal hielt sie ihren Sohn im Arm, lachte mit ihm, sah ihn heranwachsen und genoss die Zeit mit ihrem Kind. Bis sie fiel, immer tiefer, ohne aufzuschlagen. Dann spielte sich die Nacht immer wieder in Dauerschleife ab, die Nacht, in der sie ihn vergaß. In einem alten Mercedes einer reichen Schlampe, die ihn nicht mehr zurückbrachte. An einem Tag, ihre Pupillen schwirrten hinter ihren Lidern, sah sie etwas Neues. Sie sah ihren Sohn als fast erwachsenen Mann, er war groß, sportlich und er rief nach ihr, nach seiner Mutter. Dann, genau in diesem Moment öffnete sich ihr Mund, sie schnappte nach Luft und öffnete die Augen. Sie flippte aus, schrie um sich, wusste nicht, was passiert war, wo sie war, wo ihr Sohn war. Bis man sich endlich kümmerte, bis sie erneut ruhiggestellt wurde. Aber nur kurz, denn sie war wieder wach, und als sie erfuhr, was geschehen und wie viel Zeit verstrichen war, brach sie zusammen. Ihr wurde übel, aber sie konnte sich nicht übergeben. Sie hatte ein Jahr geschlafen oder besser gesagt, gelitten. Denn die Träume waren nicht echt gewesen, ihr Unterbewusstsein hatte ihr die ganze Zeit etwas vorgespielt. Doch der Horror hatte kein Ende, denn ihr Sohn war immer noch fort. Es dauerte Tage, bis sie all das Grauen realisierte. Sie war gelähmt, hatte nicht nur ihren Sohn, ihre Würde und ihren Kampf verloren, sondern auch noch ihre Beine. Es folgten Monate der Physiotherapie, auch das Sprechen fiel ihr schwer. Und der einzige Mensch, der ihr beistand, war ein alter Bulle, der das Leben hasste – Hanke. Er wurde zu ihrem Freund, zu ihrem Vertrauen. Es verband sie mehr, als sie ahnten. Er half ihr da durch und er hängte sich noch mal in die Suche nach Adam rein. Aber alles brachte nichts, denn die Spur verlor sich nach den Bergers wieder vollends. Sie war es nicht, versuchte Hanke ihr immer wieder zu erklären. Sie war sauber, das Kind, Toni, war nicht ihres. Ja, das wusste sie, aber vielleicht hatte sie ihn verkauft oder getötet, man musste das doch in Erwägung ziehen. Aber es brachte nichts, die Ermittlungen verliefen wieder im Sande. Die Familie lebte ihr Leben weiter, wie gewohnt. Und Sophia und Hanke lebten weiter in ihrem eigenen Albtraum.

Irgendwann, es war Jahre nach dem Unfall, sie lebte in einer kleinen Wohnung und hatte sich an den Rollstuhl gewöhnt, redeten sie nicht mehr so oft von Adam. Aber sie trafen sich noch, und sie verschwieg Hanke etwas. Etwas sehr Wichtiges, denn sie recherchierte selbst. Ihre Wohnung war zugemüllt mit allen Informationen über die Bergers. Sie zerpflückte Kirsten und Bernds Leben und wusste bald alles von ihnen. Bilder hingen an den Wänden, Kritzeleien. Gedanken und Verhältnisse waren mit Edding an die Wände geschrieben. Dann nahm sie sich das Umfeld der Familie vor, die Geschwister, die Freunde und die Eltern. Kirsten hatte zwei Schwestern. Eine lebte in den USA, eine arbeitete lange im Ausland, dann wieder mal in einem der Hotels der Familie. Bernd hatte keine Geschwister, die Eltern von beiden waren wahrscheinlich tot. *Was hatten diese mit dem Verschwinden von Adam zu tun*? Sie durchkämmte also die Vergangenheit von Kirstens Schwestern, was mehrere Monate dauerte. Irgendwann sprang der Funke über und sie erkannte die Zusammenhänge, oder glaubte diese zu erkennen. Aber sie brauchte Beweise, bevor sie Hanke wieder ins Boot holte. Also machte sie sich auf den Weg, ließ alles stehen und liegen und sagte zu Hanke nur einen Satz des Abschieds, den dieser nicht als solchen erkannte. Sie verabschiedeten sich nach einem Besuch in einem Kaffeehaus. Er fuhr sie mit dem Rollstuhl noch einige Meter, ehe er in die andere Richtung aufbrechen wollte.

»Ich nehme dir nichts übel.«

Denn sie wusste, er machte sich Vorwürfe. Aber das musste er nicht, den noch nie hatte sich ein Mensch so wie Hanke um sie gekümmert. Und er musste nicht, das war also noch mehr Wert. Er zückte seinen Hut, den er immer trug, und drehte sich um. Sie sah ihm nach und weinte. Zu Hause in ihrer Wohnung standen die gepackten Koffer, die eine Stunde später der Taxifahrer in den Wagen hievte. Ihre Reise führte sie auf eine kleine Insel, in die neue Heimat ihres Sohnes, sie war sich sicher, ihn dort zu finden.

Zehn Jahre später, der Angriff

Jonas Kern

Siebzehn Kerzen stecken in der Torte, die Jonas mit einem Mal ausblies. Siebzehn Jahre, Abitur im nächsten Jahr, endlich Leben, so stellte er sich das vor. Doch seine Mutter hatte andere Pläne, sie wollte ihn hierbehalten, am liebsten für immer. Er hatte die wohl ängstlichste Mutter aller Zeiten, aber sie konnte ihn nicht immer bevormunden. Er war es so leid, er wollte endlich selbstständig werden und reisen, genauso wie seine Freunde. Sein bester Freund Mike durfte alles, er wuchs vollkommen frei auf, seine Eltern waren locker, doch Jonas' Mutter nicht. Sie wurde von Ängsten begleitet, und Angst war immer ein schlechter Ratgeber. Das wusste Jonas, und obwohl er seine Mutter über alles liebte, sie nahm ihm die Luft zum Atmen. Noch nie hatte sie einen Freund, wenige Freunde allgemein, und lange war Jonas hier in dem Anwesen regelrecht eingeschlossen worden. Er durfte zwar Freunde einladen, aber nie zu jemandem nach Hause kommen. Bis er mit vierzehn einfach abhaute, vier Tage war er weg und seine Mutter war krank vor Sorge. Mike hatte ihm damals eingeredet, dass es nicht anders ging. Er war genervt, dass man mit Jonas nichts unternehmen konnte. Sie waren beste Freunde, Mike ging ein und aus bei ihnen, doch irgendwann in der Pubertät wollte er am Strand skaten, rauchen, einfach ein Junge sein.

Jonas hatte seinen Freund nicht verlieren wollen, also haute er ab und der Effekt war genauso, wie Mike es ihm vorausgesagt hatte. Die Familie seiner Mutter reiste aus Deutschland an, um ihr beizustehen. Zum ersten Mal seit Jahren bekam er seinen Cousin und seine Tante zu Gesicht, als er nach vier Tagen dann doch zurückkehrte. Der Druck wurde zu groß, denn die Polizei suchte nach ihm. Also kroch er mit schlechtem Gewissen nach Hause. Die Schwester seiner Mutter blieb eine Woche lang und er freundete sich mit seinem Cousin an, der fast genauso alt war, wie er. Er verstand nicht, wieso sie so wenig Kontakt hatten. Seine Tante redete auf seine Mutter ein, sie solle Jonas nicht so enge Zügel anlegen, sonst würde er irgendwann ausbrechen. Also überwand sie sich und ließ Jonas ziehen, mit einer etwas längeren

Leine. Das war nun fast drei Jahre her, doch frei war er immer noch nicht. Nach dem Abi wollte er mit Mike durch Europa trampen, seine Mutter würde ausrasten, doch er wollte es durchziehen. Heute war also nun sein siebzehnter Geburtstag, sie feierten im Garten, auch seine Tante, sein Onkel und der Cousin waren gekommen. Mike natürlich auch. Der Himmel hing voller Sterne, die magisch über ihnen schienen. Er liebte den Himmel und das Weltall. Es war weit und unergründlich, genau wie er. Er fühlte sich oft im falschen Körper, im falschen Leben. Er war so ganz anders als seine Mutter, seinen Vater kannte er gar nicht. Vielleicht war er ja wie er. Abenteuerlustig, witzig und charmant. Seine Mutter war schüchtern, ängstlich und in sich gekehrt. Unfreundlich würden manche Menschen behaupten. Irgendetwas stimmte nicht mit ihr, aber was, das wusste Jonas nicht. Sie saß neben ihm, als er alle Kerzen ausblies, und sie wirkte glücklich. Eine meterhohe Betonwand trennte die Familie von der Außenwelt, eine Wand, die Einbrecher fernhalten sollte, wie ihm seine Mutter immer wieder erklärte. Neben dieser Wand hatten sie noch etliche Kameras und einen Leibwächter, die sie beschützen sollten. Viel zu übertrieben, denn sie waren weder reich noch irgendwas Besonderes. Wer das Ganze bezahlte, das wusste Jonas auch nicht genau.

Niemand sprach über Geld, sie hatten es einfach. Mal war von einem Erbe die Rede, mal von einem Gewinn, früher war es ihm gleich, doch je älter er wurde, umso mehr hinterfragte er.

Die Stimmung war locker, denn alle hatten schon etwas getrunken. Mike und er blödelten herum, wie immer. Mädchen waren nicht eingeladen, denn Jonas hatte noch nicht wirklich großes Interesse an ihnen, anders als alle seine Klassenkameraden. Die Kerzen auf den Tischen spendeten warmes, gemütliches Licht und der Abend war lau, ein wundervoller Geburtstag. Das musste er seiner Mutter lassen, sie tat alles für ihn, jederzeit. Er sollte dankbarer sein.

Mike und Jonas saßen auf der Hollywoodschaukel, jeder ein Bier in der Hand, es war kurz vor Mitternacht, die Erwachsenen saßen am Tisch, sein Cousin spielte Gitarre. Es war romantisch, würden Mädchen sagen. Gerade als Jonas gen Himmel blickte, in Gedanken war, ertönte ein lauter Knall und eine der Lampen, die an den Ecken der Wand angebracht waren, ging aus. Alle erschraken, dann wieder ein Knall, die zweite Lampe ging aus. Jonas war sich sicher, es waren Schüsse.

»Jonas, lauf ins Haus«, hörte er seine Mutter rufen, doch Jonas war perplex, er wollte wissen, woher die verdammten Schüsse kamen.

»Lauft rein!«, schrie nun sein Onkel, und endlich setzten sich alle in Bewegung. Der nächste Schuss, die dritte Lampe ging aus und wenige Sekunden später die vierte. Alle liefen gebückt am Pool vorbei, Panik, sein Herz pochte bis zum Hals. Mike rannte hinter ihm, er hörte seinen Atem, auch er hatte Angst. Dann fiel das Licht aus, der Strom war weg.

»Was ist hier los?«, rief Jonas, als er im Wohnzimmer ankam, alle anderen hinter ihm her. Sein Onkel schloss die Tür, verriegelte sie und zog alle Vorhänge zu.

»Versteckt euch in der Küche, dort sind keine Fenster«, rief er ihnen zu. Seine Mutter, seine Tante, Mike, sein Cousin, Jonas und Abby, ihre Angestellten versteckten sich in der Küche. Es war dunkel, alle atmeten schwer, die Angst stand ihnen ins Gesicht geschrieben. Seine Mutter hielt seine Hand, doch das war ihm peinlich. Er war ein Mann, wenn, dann musste er sie beschützen.

»Wo ist die Waffe?«, wollte sein Onkel wissen. »Welche Waffe?«, rief Jonas, denn woher sollten sie eine Waffe haben? »Kathrin, wo ist die Waffe?«, er kniete sich neben sie. »Sag schon!«

»Oben im Schlafzimmer unter der Matratze«, flüsterte sie.

»Wieso haben wir eine Waffe?«, wollte Jonas wissen. Aber es war gut, denn so konnten sie sich verteidigen. *Doch gegen wen eigentlich*, fragte er sich. Mike schien das Ganze als Abenteuer zu sehen, denn er wirkte wie aufgedreht. »Mann, geil, ey!«, grinste er vor sich hin. *Trottel*, dachte sich Jonas, doch er wusste, wie sein Freund war. Am Ende konnte man sich auf ihn verlassen, auch wenn er manchmal etwas kindisch war.

»Ruf die Polizei an«, flüsterte seine Tante und sie hatte recht, sie mussten Hilfe holen, doch alle hatten die Handys im Garten liegen lassen. Mist.

»Wo ist euer Telefon?«, schüttelte seine Tante an seiner zitternden Mutter herum. Sie war wirklich die ängstlichste Person der Welt.

Sicher, es bestand Gefahr, aber sie konnte gar nicht mehr klar denken, wie es schien.

»Warte, es liegt dort drüben auf der Couch. Ich hole es«, flüsterte Mike und kroch am Boden in Richtung Couch. Er war mutig, schon immer. Mit dem Telefon in der Hand kroch er zurück und wählte die Nummer der Polizei. Er schilderte den Fall und war sichtlich stolz auf sich. Wenige Minuten später hörten sie die Sirenen und wurden erlöst. Die ganze Nacht waren die Ermittler vor Ort und bestätigten, dass es sich tatsächlich um Schüsse handelte. Die vier Lampen waren mit präzisen Schüssen getroffen worden. Niemand war im Haus, es wurde keine Patronenhülsen gefunden und auch sonst konnten die Polizisten nichts entdecken.

»Haben Sie Feinde?«, wollten die Beamten wissen und hatten noch Tausende Fragen, doch am Ende wusste niemand, wieso auf das Haus geschossen worden war. Es wirkte wie eine Warnung, *aber für wen?* Eine Woche nach diesem Vorfall packten Jonas und seine Mutter die Koffer. Sie wollte weg und er sträubte sich, er wollte hierbleiben, doch Kathrin ließ keine Widerworte zu. Er musste die Insel verlassen, sie hatte das letzte Wort, wie immer. Mike, seinen Freund, das alles musste er zurücklassen und wusste nicht einmal, warum. Er wollte rebellieren, aber sein Onkel redete auf ihn ein, er sollte vernünftig sein. Und das war Jonas, wie immer. Er kooperierte, obwohl er am liebsten ausflippen wollte. Die Insel war sein Zuhause gewesen, siebzehn Jahre lang, und nun packte er seine Koffer. Das Haus sollte verkauft werden. Das alles übernahm der Onkel, der Mann seiner Tante Kirsten. Er war ein reicher Hotelier und unterstützte sie. Er war Jonas immer fremd geblieben, wie eigentlich alle anderen Menschen, außer seiner Mutter und Mike.

Sie hatte ihn an sich gebunden, und nun musste er sogar seinen besten Freund aufgeben. Der Abschied fiel ihm schwer, sehr schwer, aber sie schworen sich, nach dem Abitur zu reisen. Sie wollten es durchziehen. Jonas glaubte nicht wirklich daran, er gab seine Träume auf.

Die Schüsse, er wollte wissen, wieso auf das Haus geschossen wurde. *Was verbarg seine Familie, was er nicht wissen durfte?*

Einen Tag später flogen sie nach Deutschland, noch nie war er hier gewesen und wollte es eigentlich auch nicht, aber er schaute nach vorn. Die ersten Nächte verbrachten sie in einem der Hotels seines Onkels. Wie es weitergehen sollte, wusste niemand. Er wollte wieder zur Schule, wieder leben. Er bearbeitete seine Mutter, sie möge ihm endlich sagen, was los war. Aber sie schwieg, wie immer.

Der einzige Halt war sein Cousin Toni, der ihm zur Seite stand. Mit ihm konnte er wenigstens reden, kiffen und Computerspiele spielen. Drei Wochen verbrachte er in einem Hotelzimmer, ehe seine Tante endlich vorschlug, er sollte wieder zur Schule gehen. In das Gymnasium, das auch Toni besuchte. Jonas war begeistert, doch seine Mutter drehte völlig durch. Er ahnte nun, dass es um ihn ging, und wollte endlich Antworten. Diese bekam er nicht, aber der durfte wieder in die Schule. Mit Mike hatte er weiterhin Kontakt, sie schrieben sich und hielten an ihrem Plan, durch Europa zu trampen, fest. Jonas stellte sich oft vor, wie es wäre, in den Achtzigerjahren gelebt zu haben. Er fand das Trampen total interessant, wieso auch immer. Einfach den Daumen rauszuhalten, ein Bier in der Hand, in ein fremdes Auto zu steigen. So wollte er eine Weile leben, ohne Druck, ohne Zeitgefühl. Alles war so durchorganisiert, das hasste er. Auch das glaubte er von seinem Vater zu haben. Immer mehr dachte er über seinen Erzeuger nach, denn einen Vater hatte er nicht, wie seine Mutter nicht müde wurde zu betonen. Er hatte einen Erzeuger und irgendetwas schien mit diesem nicht zu stimmen. Immer waghalsigere Theorien stellten sein Cousin Toni und Jonas auf. Vielleicht saß sein Erzeuger bis vor Kurzem im Gefängnis und war nun zurückgekehrt, um die Familie auszulöschen. Da sie nicht aufgeklärt wurden, mussten sie sich ihre eigene Wahrheit erfinden. Und so vergingen die Monate, in denen sich Jonas mehr und mehr in den Bergen einlebte. Die Berge waren so ganz anders als die ihm so bekannte Insel. Dort war alles flach, umgeben von traumhaften Stränden. Aber auch die Berge konnten ihm was abgewinnen. Die Höhe, die weißen Spitzen und grünen Wiesen. Im Winter wollte er auf alle Fälle Ski fahren.

Seine Mutter fing sich wieder, nachdem sie Antidepressiva verschrieben bekam. Sie nahm schon immer etwas gegen Depressionen und durch die Tabletten wurde ihre Angst in Zaum gehalten. Aber eine Antwort gab sie ihm immer noch nicht auf seine Fragen. Auch Toni versuchte herauszufinden, was mit Kathrin und Jonas' Vergangenheit nicht stimmte. Er hängte sich richtig rein und fragte nicht nur in der Familie, sondern auch im Ort. Jeder wusste etwas, aber keine wollte ihm irgendetwas Konkretes sagen. Es gab wohl vor über zehn Jahren mal einen großen Polizeieinsatz, in dem es aber um Toni ging und nicht um Jonas. Damals machten Gerüchte die Runde, Toni wäre gar nicht der Sohn von Kirsten und Bernd, doch ein DNS-Test hatte das Gegenteil bewiesen. Das konnte es aber auch nicht sein, denn damals ging es ja um Toni.

Nach einigen Monaten beruhigten sich alle wieder und Jonas lernte ein Mädchen kennen. Die erste große Liebe verdrängte die bösen Gedanken, und die Fragen hörten auf. Er war nun im letzten Jahr des Gymnasiums und heckte große Pläne mit seiner Freundin Laura aus. Sie wollte mit Mike und ihm mit und ihre Eltern hatten nichts dagegen. Sie waren locker und ziemlich weltoffen, hatten mit Laura, als sie ein Kind war, eine Weltreise gemacht. Jonas war beeindruckt und er verbrachte viel Zeit mit Lauras Eltern. Vor allem den Vater mochte er sehr gern. Er wurde ihm im Laufe des Jahres eine Art Vaterersatz. Selbst Kathrin sah die Beziehung zu Laura und ihren Eltern als gute Chance für Jonas. Sie wirkte wieder unbeschwerter und glücklicher und half im Hotel ihrer Schwester und ihres Schwagers mit. Anscheinend hatte sie das auch früher schon gemacht, bevor sie mit ihm ausgewandert war und sich zurückgezogen hatte. Jonas war froh, wie alles gekommen war, auch Mike hatte ihn schon einmal besucht, und die Liebe zu Laura war sein absolutes Glück.

Es waren Weihnachtsferien und Laura, Toni und Jonas saßen auf einer Skihütte, tranken Schnaps und tanzten ausgelassen. Er lebte, endlich. Laura küsste ihn, berührte ihn und er fühlte sich wie im Rausch an diesem wundervollen Dezembertag, einen Tag vor Weihnachten.

Die Sonne strahlte, die Touristen betranken sich und die Musik dröhnte in seinen Ohren, sie feierten, bis die letzte Gondel ins Tal fuhr. Doch sie stiegen nicht ein – wie so oft in letzter Zeit blieben sie, bis alle weg waren. Bis ihnen in der Nacht die Piste allein gehörte. Jonas fuhr noch nicht so gut wie Laura und Toni, doch er kam den Berg runter. Das war für einen Surfer schon eine gute Leistung, wie Toni ihn immer wieder aufzog.

An diesem Abend aber trank er zu viel, ungewöhnlich für ihn, aber er hatte den Punkt des Aufhörens übersehen und war nun auf den Weg zur Toilette.

»Hey, Jonas«, hörte er eine weibliche Stimme, als er sich auf den Weg zur Toilette machte. Es war eigentlich niemand mehr da, sie durften nur noch rein, weil die Hütte seinem Onkel gehörte. Das Mädchen, das sich nun vor ihm aufbaute, war Jenny und ging in seine Klasse. Laura hasste sie, das wusste er und er wollte eigentlich nicht mit ihr reden. Aber der Alkohol machte ihn rücksichtslos. Er scherzte mit ihr herum, sie flirtete, das fiel ihm gar nicht auf.

»Komm mit feiern, unten im Ort steigt heute eine Before-Christmas-Party, du musst mit«, zog sie ihn auf und nahm seine Hand. Er realisierte das gar nicht, denn er war so dicht wie noch nie.

Er sah auch den Blick nicht, den Jenny über ihn hinweg zum Eingang warf. Kurz bevor, sie ihn küsste. *Mist, was passierte hier. Er konnte das doch nicht tun, verdammt.* Er entzog sich Jenny und steuerte auf die Toiletten zu, denn er musste sich übergeben. Scheiße, ging es ihm schlecht. Er hing über der Schüssel und schlief für einen Moment ein.

Dann riss jemand die Tür auf, es war Laura und sie gab ihm eine Ohrfeige. Er sah sie mit großen, ungläubigen Augen an. »Spinnst du?«, schrie er sie an.

»Du bist ein Arschloch!« Dann warf sie die Tür wieder zu und er blieb zurück. Er war so dicht. Und wo in Gottes Namen war Toni.

Er versuchte mehrmals, aufzustehen, doch die Skischuhe rutschten immer wieder auf den glatten Fliesen weg. Als er endlich stand, wusch er sich das Gesicht mit kaltem Wasser. Dann öffnete sich die Tür erneut.

»Mensch, Jonas, was machst du noch hier? In deinem Zustand kannst du nicht mehr den Berg runter. Warte auf die Raupe, die nimmt dich mit«, hörte er die Stimme des Barkeepers, der vermutlich bald abschloss. Aber Jonas schubste ihn weg, es wurde ihm wieder klar, was er getan hatte. Er musste die Sache Laura erklären. Er fiel zweimal hin, denn auch die Fliesen im Gang Richtung Ausgang waren nass und glitschig. *Mist. Mist. Mist.*

Er trat aus der Hütte, alles leer. *Es war dunkel. Wie lange hab ich in der Toilette gehockt?,* fragte er sich. »Toni?«, rief er und torkelte auf seine Ski zu.

Alle waren weg, sie hatten ihn alleingelassen, diese Arschlöcher. »Toni?«, schrie er. Dann suchte er sein Handy, konnte es aber nicht finden. Mit einem *Klick* trat er in die Bindung. Beim ersten Mal rutschte er ab. *Gott, wieso hatte er so viel getrunken?*

Dann endlich stand er auf der Piste, sah vor sich den Abhang, der fast leer war. Einige Besoffene schrien noch herum, aber sonst war er allein. Der Blick war atemberaubend schön. Er spürte den Fahrtwind, die Freiheit, die er sich so sehr gewünscht hatte, und doch hatte er nun vielleicht alles verloren. Aber Laura würde sich schon wieder beruhigen. Ja, das würde sie, er hatte ja wirklich nichts getan. Jenny hatte ihn geküsst, mehr war nicht passiert. Die kalte Luft war wie eine Ohrfeige und er stürzte mehrfach, also setzte er sich eine Weile auf die Piste. Er nahm eine Handvoll eiskalten Schnee, formte eine Kugel und rieb sich damit das heiße Gesicht ein – es ging ihm so beschissen. Dann schlief er in der Kälte ein.

Als er erwachte, schreckte er hoch. Panik übermannte ihn. Mist, er war noch auf der Piste. Er kniff die Augen zusammen, denn sein Kopf dröhnte. Oben am Berg sah er die Pistenraupe, doch sie hatte ihn noch nicht gesehen. Er sah auf seine Uhr, es war fast vier Uhr morgens und er rappelte sich auf. Scheiße, er musste runter. Seine Mutter würde ausrasten, Laura hasste ihn, denn an Jennys Kuss konnte er sich wieder deutlich erinnern. Doch wo in Gottes Namen war sein Cousin? So ein Arschloch, er hätte wenigstens warten können. Sein Magen fühlte sich leer an, der Alkohol darin tat sein Übriges, ihm war speiübel. Vorsichtig fuhr er die letzten Hügel hinunter und überlegte sich eine Ausrede für seine Mutter.

Sein Handy war weg, wie er feststellte, als er seine Taschen durchwühlte. Er hatte es wohl verloren, das kam noch hinzu. Als er unten ankam, war es fast halb fünf, die Apres Ski Kneipen waren leer, nur ein paar Betrunkene taumelten auf den Straßen herum. Wie sollte er nun heimkommen? Geld für ein Taxi hatte er keins, also machte er sich zu Fuß auf den Weg. Die Skischuhe und die Ausrüstung ließ er in seinem Spint, den er gemeinsam mit Laura und

Toni gemietet hatte. Zum Glück hatte er den Schlüssel dafür an einer Kette um den Hals, sonst wäre er sicherlich auch weg. Das Hotel lag ein Dorf weiter, aber es waren fast vier Kilometer, die ihn fertigmachten. Als hinter ihm ein Auto anfuhr, hielt er den Daumen nach draußen, vielleicht hatte er Glück, doch er machte sich nicht allzu viel Hoffnung. Denn wer nahm schon einen Betrunkenen mit? Aber einen Versuch wäre es wert. Es war ein schwarzer VW-Caddy, der nun neben ihm anhielt. Eine Frau saß darin, er schätzte sie auf Ende dreißig, wenn überhaupt. Sie war auf jeden Fall jünger als seine Mutter.

»Wo willst du hin?«, fragte die Frau und deutete geradeaus.

»Nur ins nächste Dorf, es ist nicht weit. Nehmen Sie mich mit?«, fragte er besorgt, denn sie wirkte ängstlich.

»Na, klar, steig ein«, sagte sie, und als er um den Wagen herumging, sah er den Rollstuhl im Innern.

Er bedankte sich und setzte sich auf den Beifahrersitz. Sein Blick ging sofort zu ihren Beinen und er schämte sich sofort dafür. Beinahe hätte er sich entschuldigt, doch sie startete den Motor und fuhr los. Also schwieg er und war froh, dass er eine Mitfahrgelegenheit gefunden hatte. Bald läge er in seinem Bett, nur an seiner Mutter musste er vorbei, die sicherlich krank vor Sorge war. Und wenn er ausgeschlafen hatte, würde er mit Laura reden. Dann fiel ihm ein, dass heute der 24. Dezember war, also Weihnachten, Mist! Und er hatte solch eine Scheiße gebaut. Er wischte sich über die Stirn, er schwitzte, vermutlich bekam er Fieber. Die Nacht steckte noch in seinen Knochen, er zitterte und fror, das fiel ihm erst jetzt so richtig auf, da er im Warmen saß. Dann hörte er einen Satz, von dieser ihm fremden Frau, der Gänsehaut verursachte.

»Erinnerst du dich an die vier Schüsse?«

Jonas drehte den Kopf nach links und sah dieser Frau, die nun eine Angst in ihm hervorrief, tief in die Augen. Eine Gänsehaut zog sich über seinen Körper.

»Wie bitte?«, flüsterte er und seine Glieder verkrampften sich. Niemand wusste etwas von den Schüssen. *Wieso fragte die Frau danach?* Plötzlich kam ihm die Fahrt ewig vor, sie fuhr auch immer langsamer, wartete auf eine Reaktion von ihm. *War es kein Zufall, dass er in ihrem Auto saß, fragte er sich. Sollte er aus dem Auto springen, weglaufen? Aber was für eine Gefahr ging schon von ihr aus, sie saß im Rollstuhl.*

»Woher wissen Sie von den Schüssen?«, wollte Jonas wissen. Er versuchte, langsam zu atmen, denn er war nicht in Gefahr, redete er sich ein.

»Weil ich geschossen habe!«

Er schüttelte den Kopf, ihm wurde heiß und kalt, denn sie blieb stehen. Links und rechts Wald, er könnte aussteigen und laufen. Sie würde ihm nicht hinterherkommen. *Warum tat er es nicht? Scheiße. Konnte ihm diese Frau womöglich Antworten geben? Auf Fragen, die ihn schon lange beschäftigten?*

»Wieso?«

»Um euch zu warnen«, flüsterte sie. »Wenn du die Wahrheit wissen willst, dann komm mit mir mit. Wenn nicht, dann steig aus, es ist deine Entscheidung. Hast du den Rollstuhl gesehen? Ich werde und kann dir nicht folgen. Steigst du jetzt aus dem Wagen, verschwinde ich für immer!«

Jonas drückte auf den Anschnallgurt und öffnete ihn, er öffnete die Tür, war schon beinahe draußen, dann seufzte er.

»Scheiße! Fahren Sie los«, entgegnete er, denn er wollte nicht mehr davonlaufen. Er wollte wissen, wieso auf sie geschossen wurde, was mit seiner Familie los war. Was auch immer diese Frau wusste, er wollte es erfahren.

Sie schwiegen, bis sie im Ort ankamen. Er war nicht weit vom Hotel seines Onkels entfernt. Die Frau hievte ihren Rollstuhl aus dem Wagen, so als hätte sie nie etwas anderes getan. Er beobachtete sie, wollte helfen, doch sie lehnte ab. Sie standen auf dem Marktplatz und sie fuhr mit dem Rollstuhl zu einer Pension. Mit dem Schlüssel öffnete sie die Tür, fuhr hinein, er folgte ihr. Um die Ecke kam ein sehr alter Mann, er sah so aus, als wäre er schwer krank, doch sein Lächeln verriet was anderes. Er musterte Jonas und begrüßte die Frau, deren Namen er noch nicht kannte. Dann fuhr sie den Gang entlang, öffnete die Tür eines Zimmers und er folgte der Unbekannten hinein. Er war aufgeregt, aber nicht mehr ängstlich. Sie stellte keine Gefahr dar. Der alte Mann schien sie gut zu kennen, und irgendetwas interessierte Jonas an der geheimnisvollen Rollstuhlfahrerin. Es war alles sehr suspekt, vielleicht wachte er gleich auf und alles wäre ein Traum gewesen.

»Willst du was trinken?«, fragte sie und Jonas zuckte mit den Achseln. Er setzte sich aufs Bett, wischte sich erneut die Stirn sauber, denn kalter Schweiß setzte sich darauf ab. Er hatte sicherlich Fieber.

»Wieso haben Sie auf uns geschossen?«, wollte Jonas wissen, dann trank er einen Schluck Wasser, das er angeboten bekommen hatte.

»Das ist eine lange Geschichte«, flüsterte sie und er beobachtete sie.

»Wie heißen Sie?«, wollte er wissen.

»Sophia«, antwortete sie und sie schwiegen. Er wusste nicht, was er sagen sollte. *Wieso war er eigentlich hier? Sie war offenbar nicht ganz dicht, oder war er es, der nicht mehr alle Tassen im Schrank hatte?* Wer wusste das schon.

»Was ich dir jetzt erzählen werde, wird verrückt klingen, vielleicht wirst du mir nicht glauben. Vielleicht willst du es nicht hören, aber ich werde es dir nicht vorenthalten«, begann sie und während sie sprach, riss jemand die Tür auf. Jonas sprang auf, er sah das entsetzte Gesicht dieser Sophia.

»Hau ab, Junge!«, drohte der Eindringling

und Jonas wusste nicht, was er entgegnen sollte. Er sah die Wut in seinen Augen, also haute er ab, er ließ diese Sophia allein und würde vermutlich nie erfahren, was sie ihm sagen wollte.

Er rannte aus dem Zimmer, den Gang entlang und stieß mit dem Alten zusammen. »Sorry!«, warf der dem Opa eine Entschuldigung hin, hielt aber nicht an. Die kalte Luft schlug ihm entgegen, als er aus der Pension stürzte. Es war noch immer dunkel, aber man bemerkte, dass der Morgen nicht mehr weit war. Er rannte, wollte weg aus diesem Albtraum, der immer mehr Rätsel aufgab. Sein Herz pochte ihm bis zu Hals, als er vor der Personalwohnung ankam, die er mit seiner Mutter bewohnte. Er krümmte sich, konnte kaum mehr atmen, als er durch die Tür hinein in den Gang stolperte.

»Wo warst du?«, flüsterte seine Mutter und half ihm auf. Sie hatte die ganze Nacht gewartet, das wusste er. Er starrte sie an, sah ihr Gesicht, das immer älter wurde, die blonden Jahre, die roten Lippen, die sie immer hatte, selbst wenn sie das Haus nicht verließ. Sie hatte ihn verwöhnt, geliebt, gepflegt, wenn er krank war, aber sie verschwieg ihm etwas, und langsam hatte er die Schnauze voll von den Lügen und Geheimnissen.

»Lass mich in Ruhe«, schrie er sie an, schubste sie zur Seite, wie er es noch nie getan hatte, und verschwand in sein Zimmer. Die Tür polterte, er schloss sich ein und ließ sich aufs Bett fallen. Er hatte den Eindringling gesehen und er kannte ihn. *Doch wieso war er aufgetaucht? Woher wusste er, dass er mit dieser Unbekannten in der Pension war, und was hatte er vor?*

»Jonas! Bitte lass mich rein«, hörte er seine Mutter vor der Tür, doch er ignorierte sie. Schlafen konnte er nicht, denn seine Gedanken kreisten um die Frau, die ihm etwas sagen wollte. Gegen Mittag dämmerte er kurz weg.

Er träumte von der Frau im Rollstuhl, sie war plötzlich bei ihm im Zimmer, konnte laufen und hielt in ihm Arm. Dann wachte er schweißgebadet auf, denn jemand polterte an seine Tür. Es war Toni.

»Mann, mach auf!«, rief er und Jonas rieb sich die Augen, dann ging er zur Tür und machte auf.

»Mann, wo hast du gesteckt? Ich habe einen Heidenärger wegen dir bekommen«, schubste er ihn und sah wirklich wütend aus. Jonas wusste nicht, ob er Toni alles erzählen sollte, er war sich unsicher.

»Laura ist extrem sauer auf dich, Mann. Sie hat die ganze Abfahrt lang geheult, ich konnte sie nicht alleinlassen. Dachte, wenn ihr was passiert, oder so.« Jonas hatte die Gedanken an Laura verdrängt, wollte heute alles erklären. Aber irgendwie fühlte er sich nicht in der Lage, klar zu denken.

»Was ist los mit dir?«, wollte Toni wissen, doch ehe er antworten konnte, stand sein Onkel Bernd in der Tür. Er musterte ihn und nickte.

»Auch wieder da«, sagte er und wirkte wütend, Jonas machte einen Schritt zurück, denn er hatte ein komisches Gefühl. *Was wollte Bernd nun von ihm? Oder verdächtigte er nun schon alle Personen in seinem Umfeld.* Er musste sich endlich zusammenreißen.

»Ja, sorry. Ich, ich habe etwas zu viel getrunken«, sagte er kleinlaut und Bernd lachte.

»Deine Mutter war krank vor Sorge, aber keine Angst, wir haben früher nichts anderes gemacht!«

Jonas war erleichtert, als Bernd das Zimmer verließ und sich mit seiner Mutter im

Wohnzimmer unterhielt. Er wollte runter ins Dorf und nachsehen, was mit der Frau passiert war. Also zog er sich hastig an und Toni beobachtete ihn.

»Wohin willst du?«

»Ich will das mit Laura klären«, log er und schlich sich aus der Tür.

»Halt bloß dein Maul, ja?«, flüsterte er Toni zu und dieser nickte. Seine Mutter würde ihn jetzt auf keinen Fall aus dem Haus lassen. Kurz vor Heiligabend. Aber er wollte nachsehen, ob diese Sophia noch da war. Sein Magen rebellierte immer noch, als er sich auf den Weg runter ins Dorf machte. Von Weitem sah er das Blaulicht, die Absperrung und sein Herz fing an zu Pochen, sein Puls schoss in die Höhe und ihm wurde speiübel. Was um alles in der Welt ist hier passiert? Ein Rettungswagen und Polizeifahrzeuge fanden sich vor der Pension ein, die Menschen schauten, denn es passierte ja sonst nicht viel hier in den Berger. Jonas wusste sofort, es musste mit dem Eindringling von der Nacht zu tun haben, den er kannte. *Aber er konnte nichts sagen, oder?* Dann sah er den Alten, der vor dem Haus wartete und ihn nun auch erkannte. Er sah ihm in die Augen, dann sah er wieder weg. *Scheiße, sie werden doch wohl nicht ihn verdächtigen,* fragte er sich. Er sah Männer mit weißen Anzügen ins Haus gehen. Die Spurensicherung, dachte er sofort. Er stellte sich vor, was mit diese Sophia geschehen war, und musste sich übergeben. Er wusste, zu was der Kerl, den er gesehen hatte und dessen Namen er nicht mehr aussprechen konnte, fähig war. Alle wussten es. Deshalb war er auch bei ihr. Bei dem Anblick der Männer in Weiß musste er sich wieder übergeben. Sie untersuchten etwas. Es würde die Leiche dieser Sophia sein und er oder etwas in seinem Leben trug die Mitschuld daran. Er drehte sich um, hoffte, niemand würde ihn aufhalten, und begann zu laufen. Ohne Ziel. Sein Herz hämmerte gegen seine Brust, als er raus aus dem Dorf lief, immer weiter. *Er konnte nicht anhalten, denn dann würden ihm die Fragen und seine Schuld um die Ohren fliegen. Er könnte alles aufklären, sagen, wer es gewesen war, aber konnte er das? Hatte er wirklich die Wahl oder würde er nur tiefer in den Abgrund stürzen? Was brächte es denn, wenn es alle wüssten? Nichts, denn sie war vermutlich tot.* Er hatte keine Leiche gesehen, aber wieso sonst würden

Männer in Schutzanzügen in die Pension eilen? Es war so, er brauchte sich keine Hoffnung machen. Und wieder würde er nicht erfahren, was in seiner Familie falsch lief.

Christian Hanke

Hanke saß an seinem Schreibtisch und grübelte über alten *Cold Case*-Fällen, die er nun seit über zehn Jahren löste. Wie immer arbeitete er allein, denn passieren tat hier nicht viel. Die meiste Zeit durchforstete er alte Dokumente, durchsah Bilder. Die meisten Fälle wurden nicht gelöst, doch seine Quote war nicht schlecht, im Gegensatz zu anderen in der Bundesregierung. Er war gut. Mit Ende fünfzig dachte er schon an die Rente, aber es war noch ein langer Weg. Angst hatte er davor, vorm Alleinsein, vorm Sterben. Er war dicker geworden die letzten Jahre, immer noch Kettenraucher und Trinker. Aber er hatte sich im Griff, keine Schlägereien mehr, keine krummen Dinger. Die Staatsanwältin, immer noch dieselbe von damals, ließ ihn in Ruhe. Ihr Sohn war in die Politik gegangen, genau das, was Arschlöcher wie er machten. Ein Anruf schreckte ihn aus seinen Gedanken, denn es war seltsam, dass sich jemand bei ihm meldete.

»Hanke«, brummte er ins Telefon.

»Hanke! Ich denke, wir haben etwas, das

dich interessieren könnte«, es war sein ehemaliger Kollege und Freund Strobo.

»Strobo, was willst du?«, fragte er und war schon genervt.

»Du solltest es dir ansehen.« Als Strobo ihm die Adresse schickte, schluckte Hanke schwer. Die Pension kannte er von früher. *Aber hatte es auch mit dem damaligen Fall zu tun?* Es musste fast so sein, denn wieso sollte ihn sein ehemaliger Kollege sonst anrufen? Er war nie damit klargekommen, dass er ihr nicht helfen konnte. Sie hatten viele Jahre Kontakt gehabt, bis sie plötzlich wieder untergetaucht war, was ihm irgendwie das Herz gebrochen hatte. Wenn es nun mit Sophia zu tun hatte, dann vermutete er, würde es nichts Gutes heißen. Dennoch schnappte er sich sofort seinen ausgeleierten Mantel, den er bei Wind und Wetter trug. Er besaß nur diesen einen Mantel und dieser hatte ihm gute Dienste erwiesen. Mehr als eine Stunde Fahrt lagen nun vor ihm und die Ungewissheit, was Strobo für ihn hatte, ließen ihn unruhig werden. Strobo hieß eigentlich Jens Strobel, doch alle nannten in Strobo. Er war ein guter Bulle, ein noch besserer Freund und ein Trinker wie Hanke. Er saß in dem Kaff am Berg und genoss die Ruhe, genau wie Hanke mit den Cold Case Fällen in München. Nie hätte er ein Bulle werden sollen und schon gar kein Mordermittler. Das wusste er jetzt, eigentlich hatte er es immer schon geahnt, ihm war aber keine andere Wahl geblieben.

Als er auf dem Marktplatz ankam, war nichts besonders auffällig, bis auf ein Einsatzfahrzeug vor dem Eingang der Pension. *War das etwa der alte Kerl, der schon vor zehn Jahren uralt war? Oder kam er ihm damals nur alt vor?* Es war der Mann, der Eigentümer. Er sah und wirkte wie damals, alt und bescheiden. Er trug einen Pullunder, eine braune Leinenhose und hatte eine Zigarette im Mund. Schon damals war er ihm sympathisch und suspekt zugleich erschienen. Dann sah er ihn endlich, Strobo, er winkte ihn sofort zu sich.

»Zefix, Mann. Was hast du, weshalb du mich hier hochschickst? Du weißt, ich habe damit abgeschlossen, endlich.« Strobo war einer der wenigen Freunde, die Hanke geblieben waren. Er hatte ihn erst durch den Fall von Sophia vor zehn Jahren kennengelernt. Gemeinsam hatten sie sich betrunken, nachdem sie Sophia im Krankenhaus hatten liegen sehen, halb erschlagen, halb tot. Sie hatten getrunken, geredet, geweint und auf einer Wellenlänge gelegen. Das hielt an und es gipfelte in einer Freundschaft, die er gern pflegte.

»Es wird dir nicht gefallen, mein Freund«, versicherte Strobo ihm, dessen Art zu sprechen Hanke manchmal gehörig auf den Senkel ging. Er wartete nicht mehr ab, betrat die Pension, sah durch den Flur und in eine offene Zimmertür hinein. Dort befand sich das, was er sehen sollte. Er spürte es. Also ging er direkt drauf zu. Er musste es sehen, er musste sie sehen, denn er wusste, sie war da drin. Doch was er dort sah, riss ihm den Boden unter den Füßen weg.

Er hielt sich am Türrahmen fest, den er am liebsten herausgerissen hätte, so sehr hasste er das Leben. Erneut. Er schrie wie ein Berserker. Strobo war hinter ihm aufgetaucht, fasste ihn an den Schultern und zog ihn zurück.

»Beruhig dich, es ist vorbei«, tröstete er und Hanke schlug mit der Faust gegen die Wand.

»Scheiße, Mann«, Tränen stiegen Hanke, dem fast zwei Meter Kerl in die Augen. Er weinte – nicht, weil er ein Feigling war, sondern weil er erneut nicht da gewesen war. Hätte er damals nicht versagt, läge sie nicht hier in ihrem eigenen

Blut. Neben ihrem Rollstuhl, der umgekippt war und der dem ganzen Szenario noch mehr die Grausamkeit vor Augen hielt. Hanke brauchte fünf Minuten, dann zog er einen Anzug der Spurensicherung an und machte sich an die Arbeit. Die Kollegen machten keine Anstalten ihn aufzuhalten. Jeder kannte ihn, sein Ruf eilte ihm voraus. Früher war er einer der besten Ermittler im Grenzgebiet zwischen Deutschland und Österreich gewesen. Ein Fall hatte den nächsten gejagt und ihm immer mehr zugesetzt. Kindermörder, Vergewaltiger, Narzissten, Psychopaten. Auf alle hatte er es abgesehen, bis er sich selbst verlor. Irgendwo zwischen den Irren war er verloren gegangen, hatte angefangen, Verdächtige zu schlagen, ihnen zu drohen. Er war zu einer Bestie geworden, wenn es um Gerechtigkeit ging. Doch er handelte nicht immer gerecht, handelte gegen das Gesetz und stürzte ab. Der Fall um Sophia ging ihm so an die Nieren, dass er aufgab. Er nahm das Angebot der Staatsanwältin, für die er oft die Drecksarbeit erledigte, an. Er hörte auf sie zu vögeln, denn sie war eine alte, verlogene Schlampe, die er insgeheim hasste. Aber was oder wen hasste er eigentlich nicht? Jetzt saß er also vor Sophia, einer nicht mehr ganz so jungen Frau, deren Leben in einer lauen Sommernacht vor fast zwanzig Jahren endete. Und seines ebenso. Denn er hatte Fehler gemacht, hatte ihr nicht geglaubt und tat es vielleicht immer noch nicht zu hundert Prozent. Aber da waren auch immer die Zweifel, dass irgendetwas ganz und gar nicht stimmte – an diesem Ort in der Abgeschiedenheit dieser Drecksberge. Die reiche Familie, die alle auf ihrer Seite hatte. Die alle Zweifel aus den Weg geräumt hatte, die stinkreich auf dem Berg thronte, und da war Sophia. Eine Frau, ein Mädchen, ein Kind, das nie wirklich erfahren hatte, was Familie bedeutet. Und dann, als sie endlich die Chance bekommen hatte, wurde ihr diese entrissen. Sie hatte ihren Teil dazu beigetragen, ohne Frage. Aber ein Fehler, eine Unachtsamkeit, die so ausgenutzt wurde, hatte alles zerstört. Diese lebensfrohe Tramperin, die mit gefärbten Haaren die Sterne beobachtet hatte, war in dieser einen Nacht gestorben. Denn alles, was sie besessen hatte, war ihr gestohlen worden. *Von wem?* Da war Hanke ins Spiel gekommen und hatte versagt. Er war nun allein im Raum, er wusste das zu schätzen. Vor dem Haus rauchten die anderen eine Zigarette nach der anderen. Sie wussten, er musste sich nun um das Mädchen kümmern, denn es hatte sich herumgesprochen, dass er sich jahrelang um sie gekümmert hatte. Danach, nach dem großen Verlust, nach der außergewöhnlichen Anschuldigung, nach dem Angriff und nach der Lähmung. Er kämpfte um die Wahrheit und fand doch nur Lügen und immer mehr Ungereimtheiten. Jetzt saß er vor ihr, sah sie an, wie sie neben dem Bett lag, nackt, eine Hand von sich gestreckt, die andere lag über ihrem Bauch. Er trug Handschuhe und streichelte ihr über die Wange, die voller Blut war. Eine Bestie hatte hier gewütet, genau wie damals, als die Jugendlichen sie im Flussbett gefunden hatten. Noch heute sahen sie Sophia vor sich, wie sie ihm immer wieder sagten. Sie waren Helden und doch hatten sie sich das nie gewünscht. Sie wurden die Bilder nicht los, auch nicht nach all diesen Jahren. Ihre Beine standen komisch vom Körper ab. Ihre Brüste waren klein, ihr Körper dürr und ausgemergelt. Aber so sah sie immer aus, solange er sie kannte. Die Haare waren raspelkurz, das war neu, so hatte sie nicht ausgesehen, als er sie zum letzten Mal gesehen hatte. Er erinnerte sich noch genau. Es lag eine

Weile zurück, die Jahre verflogen, sie saßen in einem Kaffee und sprachen über Gott und die Welt. Sie waren auf einer Wellenlänge, auch wenn sie grundverschieden wirkten. Tief im Herzen waren sie gebrochen, und gleich und gleich gesellt sich doch gern. Er hatte ein Bier getrunken, sie einen Tee. Nie wieder hatte sie Drogen oder Alkohol angerührt, nicht nach *der* Nacht. Sie hatte es durchgezogen, und dafür bewunderte Hanke diese Frau. Auch nach der Vergewaltigung, der langen Reha und der Querschnittlähmung fing sie nicht wieder an, süchtig zu werden. Das war extrem willensstark, das wusste er. Denn er war süchtig nach vielen Dingen. Nach Alkohol und Sex, nach Drogen manchmal. Aber auch nach Mördern, er liebte es, sie hinter Gittern zu bringen. Sie zu verprügeln und sie leiden zu lassen. Nie hätte er einer Fliege etwas zuleide getan, doch bei elendigen Psychopathen drehte er durch. Er sah nur noch Wut und Hass in sich, wenn er einen von ihnen vor sich sitzen sah. Oft lächelten sie, fühlten sich noch im Recht, doch nach dem ersten Schlag in die Fresse verging es ihnen. Die erste Nacht, in denen ihnen der Arsch aufgerissen wurde, tat das Übrige. Sie wollten nur noch sterben, aber das gönnte ihnen keiner. Sie sollten die Qualen erleiden, die ihre Opfer hatten über sich ergehen lassen müssen. Sie sollten kein Mitleid erfahren, genauso wenig wie ihre Opfer. Dafür sorgte Hanke. Er hatte gute Beziehung zu Neo-Nazis und auch zu arabischen und türkischen Gangs in den Gefängnissen. Denn in ein paar Punkten waren sich diese Menschenmischungen einig, sie hassten Frauenmörder, Kinderschänder und Vergewaltiger. Er ließ einiges springen, damit »seine« Mörder, die richtige Behandlung bekamen. Am Ende winselten sie alle.

Aber auch das half ihm jetzt nicht weiter, als er Sophia vor sich liegen sah. Sie war erstochen worden, hatte aber auch Würgemale am Hals. *Welcher Kerl tat so was und wieso?* Es musste alles zusammenhängen. Hier, dieser Ort, das konnte kein Zufall mehr sein. Alles führte hier zusammen. *Aber was sah er nicht, oder was übersah er?*

Eine Stunde verbrachte er allein in dem Raum, allein mit ihr, seiner Freundin, die er nicht retten konnte. Aber vielleicht konnte er das zu Ende bringen, wonach sie sich so sehr gesehnt hatte. Er musste endlich die Wahrheit erfahren und wenn er gegen alle Regeln verstoßen musste. Das war er dieser Frau schuldig, wenn es sonst keiner tat, musste er es tun.

Er verließ den Raum, streifte den Anzug ab und zündete sich eine Zigarette an.

»Hat wer was gehört oder gesehen?«, fragte er Strobo, dieser schüttelte den Kopf.

»Nur der Alte war im Haus. Er hört schlecht und stellt das Hörgerät nachts aus. Er hat weder was gehört noch gesehen.« Hanke nickte, schnippte die Zigarette weg und ging.

»Wohin willst du?«, rief ihm Strobo hinterher.

»In einer Stunde bei dir. Ich hab noch was zu erledigen.« Hanke wusste, was zu tun war. Endlich mit Fäusten sprechen, das hätte er schon vor Jahren tun sollen.

Hanke und das Ende der Suche

Christian Hanke

Wütend war das richtige Wort oder vielleicht auch nicht. Wütend traf es nicht so ganz. Traurig, schuldig und verzweifelt brachte es eher auf den Punkt. Denn seine Freundin, wenn man Sophia so nennen konnte, war tot. Ermordet. Irgendetwas lief hier aus dem Ruder und das schon seit so vielen Jahren. Aber sie musste etwas herausgefunden haben. Etwas, das so brisant war, dass man sie deswegen ermordet hatte. Es war kein Zufall, dass das hier geschehen war, hier in Berchtesgaden. In genau diesem Zimmer, das sie damals bewohnt hatte. Hanke war sich sicher, Sophia hatte ihren Sohn gefunden, doch wer war es? Hanke wusste, er übersah etwas, und das würde ihm diese reiche Hotelfamilie heute, jetzt sofort beantworten. Er stürmte zu seinem Auto und raste los. Zu dem Hotel, das man schon von Weitem bewundern konnte. Wie es hoch oben im Ort thronte und die besser betuchte Gesellschaft beherbergte. Im Winter die Skifahrer, im Sommer die Wanderer.

Er hatte an so einem Urlaub nie Interesse gehabt, aber ehrlich gesagt erinnerte er sich gar nicht mehr an seinen letzten. Das war jetzt auch total egal, denn wie immer hatte ihn ein Fall, der eigentlich nichts mit seinem privaten Leben zu tun hatte, fest im Griff. Aber die Tote hatte etwas mit seinem Leben zu tun, wenn auch auf Umwegen. Er hatte sie gemocht, sie geschätzt, hatte an ihrem Krankenbett gesessen, mit ihr tiefe Gespräche geführt und gehofft, ihren Sohn doch zu finden. Oder die Wahrheit, denn auch wenn diese abgründig sein würde, es wäre besser für Sophia gewesen, diese zu erfahren. Über die Jahre hatte er vor dieser Wahrheit eine regelrechte Angst entwickelt. *Was, wenn sie doch das Baby damals ermordet und es einfach verdrängt hatte?* Doch so war es nicht, tief in seinem Innern wusste er, dass es so nicht wahr. Und hätte er in den ersten vierundzwanzig Stunden nach dem Verschwinden nicht in die falsche Richtung ermittelt, hätte er ihren Sohn vielleicht gefunden. Aber nach dieser Zeit wurde der Fall kalt. Die Hunde verloren die Spur mitten auf der Straße. Genau dort, wo Sophia mit dem Kleinen angeblich in ein Auto gestiegen war. In das Auto dieser reichen Schlampe, die gelogen hatte. *Aber wieso?* Hanke wollte das heute herausfinden, er musste, wenn er nicht selbst an diesem elendigen Fall zugrunde gehen wollte.

Die Sonne schien vom Himmel, als er auf dem Parkplatz des Hotels anhielt. Er wusste nicht, wie er vorgehen wollte, aber das war egal, er stürmte mit großen Schritten auf die Privatwohnung der Familie zu. Seine Waffe hatte er im Wagen gelassen, er sah keine Gefahr, doch als er kurz vor der Wohnungstür stand, hörte er einen Schuss. Er zuckte zusammen. *Kruzefix, was war hier los?* Dann hörte er die Stimme im Innern der Wohnung. Geschrei. Himmel, er musste Verstärkung rufen, aber auch sein Handy lag im Auto. Er handelte aus seinem Instinkt heraus und schlich langsam zurück von der Eingangstür. Er wusste, im hinteren Bereich der Wohnung befand sich eine Terrasse, die in ein Wohnzimmer führte. Gebückt lief er um das Haus herum, bis er endlich an der Terrasse ankam. Die Tür war verschlossen, aber er konnte einen Blick ins Innere werfen. Er sah mehrere Personen und konnte nur vermuten, wer sie alle waren. Ganz sicher war er sich beim Ehepaar. Dann waren noch zwei junge Männer, Teenager im Zimmer. Einer von ihnen zielte mit einer Waffe auf die anderen drei. Sein Herz pochte bis zum Hals, er musste unbedingt Verstärkung rufen. Einschreiten würde so nichts bringen, also beschloss er, zurück zum Wagen zu laufen, und während er sich umdrehte, öffnete sich die Terrassentür.

»Wer sind Sie?«, hörte er hinter sich eine junge, männliche Stimme. Langsam drehte er sich um.

»Ganz ruhig, mein Junge«, sagte er mit fester Stimme, aber nicht angreifend. Er hob instinktiv die Hände, nicht aus Angst, sondern um deeskalierend auf die Situation einzuwirken. Und als er nun in das Gesicht des Jungen sah, fiel es ihm wie Schuppen von den Augen. Es war Adam, das Baby von Sophia. Die Ähnlichkeit war unverwechselbar. Die Augenbrauen, die Augen, die kurze, schmale Nase, die Lippen, einfach alles an diesem Jungen sah aus wie Sophia. Das konnte er sich nicht einbilden. Es war ihr Kind, das Baby, das er so lange gesucht hatte. Sein Puls pochte in seinem Hals, er wurde nervös. *War er es? War er der Mörder seiner Mutter?* Tausend Gedanken schossen ihm durch den Kopf. Gedanken an Sophia, die ihren Sohn gefunden hatte, wie auch immer sie es angestellt haben mochte.

»Ganz ruhig, Junge. Ich bin keine Gefahr. Leg die Waffe nieder«, versuchte Hanke, den Jungen zu beschwichtigen. Aber hinter ihm bewegte sich etwas, Zefix, er hatte nichts mehr unter Kontrolle.

»Bleibt stehen, oder ich bring euch alle um, ich schwöre es euch«, drohte der Junge und drehte sich um, doch Hanke war noch zu weit weg, er konnte ihn nicht angreifen, und ehrlich gesagt wollte er auch nicht.

»Komm rein, sofort«, wandte er sich an Hanke und deutet auf die Terrassentür.

Mit bedachten Schritten ging er an dem Jungen vorbei, wendete den Blick nicht von ihm ab. Die Augen, wie seine Mutter, fast wären ihm die Tränen gekommen. Der knallharte Bulle Hanke wurde schwach. Und das wegen einer verzweifelten, chaotischen jungen Frau, die es nun nicht mehr gab. Es brach ihm das Herz. Im Raum war es nun beängstigend still, bis er jemanden schluchzen hörte, da war noch eine Frau, die er nun er sah. Am Fuße der Couch kniete eine Frau, die er nicht kannte. Aber nun zählte er eins und eins zusammen. Es war die Schwester von Carola, der Verdächtigen von damals. Peter, der Ehemann, stand und sah ihn hilfesuchend an. Er wirkte wie immer, stark, arrogant und überheblich. Doch diesmal war er nicht am Zug. Schon damals war Hanke aufgefallen, wie scheinheilig die Ehe der Bergers wirkte. Sie sicherte sich immer mit einem Blick zu ihrem Mann ab, bevor sie was sagte. Aber das war damals nicht weiter wichtig gewesen, denn die DNS passte nicht zu der von Sophias Baby. Der Junge von damals, der nun ein Teenager war, saß auf der Couch, den Kopf in den Händen verborgen, sah er zu Boden.

»Was ist hier los?«, wollte Hanke wissen und sah den Jungen an, der damals Adam hieß und der gerade die Rollos herunterfuhr. Es wurde nun düster im Raum, das passte zu der aufgeladenen Stimmung.

»Haltet euer Maul. Alle!«, flüsterte der Junge, der nicht mehr wusste, was er tat, das war offensichtlich. »Setzt euch alle auf die Couch, langsam. Auch du!«, befahl er nun und funkelte die Frau am Boden böse an. Nun heulte sie noch mehr.

»Mach schon, MUTTER!« Das Wort »Mutter« betonte er laut, lange und bösartig. Hanke wusste nun, wie es gewesen sein musste. Es war so, wie Sophia behauptet hatte, damals, immer. Sie hatte recht gehabt. Eine der beiden Frauen, vermutlich Carola hatte wirklich ihr Baby einfach mitgenommen und es dann ihrer Schwester gegeben. *Aber wie konnten sie das verheimlichen? Was war damals alles geschehen?* Hanke setze sich neben den jungen Mann, der ihn nun aus entsetzten Augen anstarrte. Die Bergers setzten sich auf die andere Seite der Couch, es war eine riesige u-förmige Couchlandschaft. In der Mitte saß die ihm unbekannte Frau. Er wusste nicht mehr, wie Carolas Schwester hieß.

Sophias Junge ging auf und ab, strich sich immer wieder mit der freien Hand durch die Haare. Hanke wusste, wie verzweifelt sich der Junge fühlen musste. Er war in einer Ausnahmesituation, hatte vielleicht seine Mutter getötet, vermutete zumindest Hanke. Vorsichtig versuchte er, in ein Gespräch zu kommen.

»Wie heißt du?«, fragte er leise und der Junge sah ihn fragend an.

»Wieso, das ist doch nicht wichtig. Wie ich heiße«, er fing an, laut zu lachen. »Ja, wie heiße ich?«, schrie er fragend in die Runde und riss seine Augen weit auf. »Vielleicht Jonas, vielleicht Adam, oder habe ich noch einen dritten Namen?«, richtete er sich nun an seine Mutter, deren Tränen schwarze Streifen in ihrem Gesicht verursachten. Sie sah aus wie eine kaputte, traurige, schuldige Frau, deren Leben gerade in Scherben vor ihren Füßen lag.

»Hast du nichts zu sagen, ja?« Wieder das trostlose Lachen aus der Kehle des Jungen, der nicht nur wie Sophia aussah, sondern auch so war. Er war vielleicht wie ein reicher Junge aufgewachsen, aber sein Herz schlug wie Sophias. Roh, grob, ungehobelt, liebevoll. Er erkannte die junge Sophia in dem Jungen. Dieser war genauso verzweifelt wie die damals fast so junge Mutter, die ihren Sohn verloren hatte. Hanke war tieftraurig und emotional, er war kein Polizist mehr, kein Bulle, nicht in diesem Moment in dieser gottverdammten Wohnung. Er wollte ein Freund sein, *doch wie sollte er das anstellen?*

»Du weißt, dass du Adam heißt?«, fragte Hanke, er musste es versuchen. Es durfte nicht noch mehr Tote geben.

Erstaunt sah der Junge Hanke an.

»Wer sind Sie?«, wollte dieser nun wissen. Hanke fiel auf, dass der Junge die Waffe immer auf seinen Onkel richtete. Sein Hass schien auch auf ihn zuzutreffen. Seine Tante beachtete er kaum, auch den Cousin nicht. Aber der Onkel und die Mutter wurden immer wieder hasserfüllt angestarrt. Jetzt aber war er im Visier des Teenagers.

»Wer sind Sie?«, fragte er erneut, da Hanke nicht geantwortet hatte.

»Ich war ein Freund deiner Mutter«, sagte er, und Peter fing an zu lachen, was wieder die Aufmerksamkeit des Jungen auf ihn richtete.

»Wieso lachst du, du Arschloch?«, schrie er ihn an und zielte auf seinen Kopf. Das Lachen erlosch, Peter sah zu Boden, hielt nun hoffentlich den Mund.

»Ich heiße Hanke und ich war mit deiner Mutter befreundet. Hast du sie kennengelernt?«

Er zuckte mit den Schultern, schien sie sich vor Augen zu führen. Seine Mutter.

»Ist das denn noch wichtig? Jetzt, da sie tot ist?«

»Du weißt, was passiert ist?«

Wieder ein Schulterzucken, wieder diese Traurigkeit, die Verzweiflung und der Blick zu seinem Onkel. Hanke überlegte, sah den Onkel an, *war er es? Hatte er Sophia ermordet, nicht der Junge?*

»Was ist geschehen? Rede darüber, das wird dir helfen.«

Er schüttelte den Kopf. »Nein, mir kann man nicht mehr helfen. Mir nicht mehr.«

»Ich will dir helfen. Es gibt immer einen Ausweg.«

»Nein, den gibt es nicht und das wissen Sie auch. Erzählen Sie mir nichts. Ich weiß, wer Sie sind. Sie sind der Bulle, der mich so viele Jahre gesucht hat. Meine Mutter hat Ihnen vertraut«, dann stockte das Gespräch wieder.

»Du hast also mit ihr gesprochen?«

Das Gespräch fand nur noch zwischen ihnen beiden statt. Die anderen waren angespannt, sie waren ruhig und Hanke blendete sie aus. Er wollte alles wissen, er wollte ihm helfen, es durfte nicht in einem Blutbad enden. Er wollte den Sohn von Sophia retten, auch weil er sie nicht hatte retten können.

»Hast du mit ihr gesprochen?«

»Nein! Oder doch. Aber es hat nicht gereicht. Nicht für die Wahrheit«, der Junge war weit für sein Alter, tiefgründig. Er hatte also mit ihr gesprochen, aber was ist dann geschehen?

»Was ist passiert?«

»Sie hat mir einen Brief gegeben, hat ihn mir in die Hand gedrückt, kurz bevor sie ermordet wurde. Ich bin gelaufen, lange, weit weg. Ich habe den Brief dann gelesen und hab erfahren, wer ich wirklich bin. Wer ich gewesen wäre.«

Jetzt hörte er wieder das Weinen, das Flehen seiner Mutter, die sie doch eigentlich gar nicht war. Oder doch? Denn sie hatte ihn großgezogen. Auch sie tat ihm leid, unendlich leid. Hanke schwitzte, es war so heiß in diesem Raum, er musste sich immer wieder den Schweiß von der Stirn wischen.

»Leg die Waffe weg, mein Junge. Du bist kein Mörder«, versuchte er nun, die Situation in den Griff zu bekommen. Keiner wusste, dass er hier war. Keiner würde ihm zu Hilfe eilen, denn er war wie ein Irrer losgeschossen, ohne Kopf, wie so oft. Jetzt aber musste er die Situation irgendwie klären.

»Wieso sind Sie hier, Hanke?«, hörte er die vorwurfsvolle Stimme von Peter, dem Hotelbesitzer, diesem Arschloch, dem er am liebsten eine in die Fresse geschlagen hätte. Schon damals, immer eigentlich, wenn er ihn sah. Er sah hinüber zu dem Kerl, an den sich seine verlogene Frau klammerte wie ein scheues Reh.

»Weil eine Frau ermordet wurde, eine Freundin von mir, eine Frau, deren Leben Sie alle zerstört haben, genau deshalb bin ich hier«, ächzte er in Richtung der Hoteliers.

»Was habt ihr getan?«, hörte er nun den anderen Teenager, Toni, ja, Toni war sein Name. Er schien den Tränen nahe zu sein.

»Was habt ihr getan?«, schrie er und wurde panisch, er sprang auf.

»Toni, setzt dich«, schrie Adam oder Jonas, wie auch immer. Die Situation spitzte sich zu, denn Toni sprang auf seinen Vater zu, der sich nun erhob.

»Hört auf! Hört sofort auf«, schrie Carolin. Hanke sprang von der Couch auf, wollte Toni wegzerren von seinem Vater, doch ehe er bei ihnen war, ertönte ein Schuss, dann folgte Stille.

»Ah!« Ein Schrei. Er kam von Peter, der nun zusammensackte, in den Händen seines Sohnes. Hanke starrte zu Adam, der mit aufgerissenen, roten Augen auf sie alle starrte. »Setzt euch wieder«, flüsterte er. Hanke hob die Hände, er meinte es ernst.

»Es tut mir leid«, schrie Toni und jetzt endlich sah Hanke, dass Peter am Bein getroffen worden war. Er hielt sich die Wunde am Oberschenkel mit den Händen zu. Die beiden Frauen saßen vor ihm, wollten die Wunde stillen.

»Lass ihn uns versorgen, bitte Jonas«, flehte seine Mutter.

Sie drückten ein Kissen auf die Wunde, die sicherlich nicht tödlich sein würde, hoffte Hanke. Der konzentrierte sich nun wieder auf Jonas. Den Namen Adam blendete er nun aus. Er hieß Jonas, also wollte er ihn auch in seinen Gedanken so nennen.

»Jonas, du willst niemanden töten, also leg endlich die Waffe nieder«, flehte er den Jungen an, er wollte nicht, dass Sophias Sohn zum Mörder wurde.

»Wieso? Wieso sollte ich weiterleben wollen?«, fragte er Hanke.

»Weil du jung bist, weil dein Leben jetzt erst beginnt. Weil deine beiden Mütter wollen würden, dass du glücklich wirst«, versuchte er es auf dieser Schiene.

»Jonas, es tut mir leid. Aber ich liebe dich. Mehr als alles andere auf der Welt. Ich will auch nicht, dass du zum Mörder wirst«, richtete sich nun seine Mutter an ihn und er fing an zu weinen. Er versuchte, die Tränen zurückzuhalten, aber es war unmöglich.

»Ich habe einen Fehler gemacht. Aber du hattest es doch gut bei uns«, sie erklärte sich, sie versuchte, einen Zugang zu finden, was gut war. Hanke überlegte, ob er den Jungen überlisten konnte, aber er wollte ihn und auch die anderen nicht in Gefahr bringen.

»Du hast mir mein Leben gestohlen. Du hast meiner eigentlichen Mutter das Baby gestohlen. Wie meinst du, hat sie sich gefühlt?«, schrie er, er konnte sich in andere hineinversetzen, war sensibel, genauso wie Sophia.

»Sie war drogensüchtig, Jonas«, mischte sich nun seine Tante ein, doch das war nicht gut. Hanke bemerkte sofort die Stimmungsänderung bei Jonas.

»Halt du dein Maul. Du bist verlogen, lässt dich verprügeln, bist scheinheilig. Dich hasse ich am allermeisten, noch vor allen anderen. Was hat dir das Recht gegeben, mich meiner Mutter zu entreißen?«, griff er sie mit harten Worten an.

»Mein Baby ist gestorben«, flüsterte seine Mutter und erweckte seine ganze Aufmerksamkeit.

»Was?«, fragte Jonas.

»Mein Baby ist gestorben«, sie krümmte sich

vor innerlichem Schmerz und Hanke konnte sich nun ein ganzes Bild machen.

»Nein, das glaube ich nicht, ist das wieder eine deiner unzähligen Lügen?«

»Nein, so ist es nicht.« Sie sah wie ein verletztes Tier aus, als sie sich am Boden krümmte, sich schämte und zu erzählen begann.

Viele Jahre zuvor, Neuseeland

Patricia

Es war einer der schönsten Tage des Jahres, als Patricia mit ihrem Sohn am Strand einen Ausflug machte. Eigentlich war es kein Ausflug, sondern Alltag. Denn sie verbrachten viel Zeit am Strand, es war ihr zweites Zuhause und genau deshalb liebte sie das Leben hier. Obwohl es Winter war in Neuseeland, war es angenehm mild. Alles war anders gekommen als zuerst gedacht. Doch sie war glücklicher als jemals zuvor und das war Jonas' Verdienst. Durch ihn schätzte sie das Leben und liebte es. Als sie damals nach Neuseeland gegangen war, wollte sie nur einen Sommer lang bleiben, um auf einem Weingut zu arbeiten, sie musste damals raus. Weg aus Deutschland und der Enge ihres Lebens. Sie hatte eine Trennung hinter sich und brauchte Freiraum. Zuerst ging es nach Singapur und Bangkok und dann nach Neuseeland, genauer gesagt nach Nelson auf der Südinsel. Dort fand sie einen Job in einem Weingut und dann lernte sie den Maori Jake kennen und lieben. Es gab wenige Maori auf der Südinsel und Jake war einer von ihnen. Ein richtiger Mann, zwei Meter groß, muskulös, so ganz anders als ihr deutscher Ex-Freund. Sie verbrachten den Sommer zusammen, dann wurde es Winter und sie blieb. Denn es war Liebe, ihre Seele hatte endlich eine Heimat gefunden. Am anderen Ende der Welt fand sie das, was sie im heimischen Deutschland so lange gesucht hatte. Sie blieb, brach fast alle Kontakte nach Deutschland ab und lebte mit Jake ein einfaches, glückliches Leben, das mit der Geburt von Jonas noch gesteigert wurde. Jake war ein liebevoller Vater, ein guter Mann, wenn sie auch nicht verheiratet waren. Patricia hatte keine Eltern mehr, aber zwei Schwestern und mit einer von ihnen hielt sie auch Kontakt. Die andere lebte in Amerika und es wurde nur sporadisch mal telefoniert oder eine Nachricht verschickt. Doch ihre Schwester, die noch in Deutschland lebte, war ihr sehr wichtig. Auch sie hatte fast zur gleichen Zeit einen Sohn geboren.

Sie würde diesen Tag nie in ihrem Leben vergessen, der Tag, an dem die Erde für sie stillstand und sich nie wieder richtig drehen würde. Blauer Himmel, keine Wolke, das Wasser glasklar und hellblau. Es war frisch, aber sie waren warm angezogen und wollten den Abend am Strand verbringen. Jake war auf dem Weg und brachte Essen mit, das sie auf einem der Grillplätze zubereiten wollten. Einen schöneren Tag gab es nicht. Sie blieben lange, tranken ein wenig Wein, der Kleine spielte im Sand, und als sie um zehn Uhr aufbrachen, um nach Hause zu fahren, waren sie zwar ausgekühlt, aber glücklich. So einen milden Winter gab es selten und sie nutzen es täglich aus. Sie lachten im Auto, alberten rum und der Kleine schlief in seinem Autositz. Jake fuhr nicht schnell, er war sowieso ein vorsichtiger Fahrer, doch dem betrunkenen Raser konnte er nicht ausweichen. Es ging alles so schnell, Patricia sah nur noch die Scheinwerfer, dann folgte der Aufprall, das Auto überschlug sich, sie wurde umhergeschmissen. Es war wie im Film, sie realisierte es nicht, als das Auto auf dem Dach zum Erliegen kam. Ihre Ohren rauschten, sie hörte kaum noch was. Panisch sah sie zu Jake, ihr ganzer Körper zitterte. Sie schrie, so laut sie konnte, als sie ihren Mann neben sich sah. Sein Kopf war seltsam verdreht, sie wusste, er war tot. Dann fiel ihr Jonas ein, wieso schrie er nicht.

»Jonas, Jonas!«, schrie sie immer wieder. Sie konnte sich nicht zu ihm umdrehen, sie konnte sich nicht bewegen. Das Einzige, was noch in Ordnung war, war ihre Stimme. Sie schrie, bis endlich jemand kam und ihnen zu Hilfe eilte. »Wieso schreit mein Sohn nicht?«, schrie sie, als sie aus dem Auto gezogen wurde. »Jonas! Jonas!«, sie wollte endlich wissen, was los war. Doch, erst im Krankenhaus erfuhr sie die schlimmste Nachricht ihres Lebens. Ihr Kind, ihr Ein und Alles, war tot. Ihr Lebensgefährte Jake ebenfalls, und sie selbst hatte nur Prellungen. Sie brach zusammen, brüllte ihren Schmerz hinaus in die Welt, in welcher sie nun allein war. Ihr einziger Gedanke war nur, sie wollte sofort weg, raus aus diesem Land, nach Hause. Ihr einziger Kontakt war ihre Schwester und sie versprach ihr, zu ihr zu kommen und die Beerdigung mit ihr zu organisieren. Sogar die Überführung nach Deutschland hätte ihre Schwester bezahlt, doch Patricia schmetterte alles ab. Sie stieg am nächsten Tag in einen Flieger nach Deutschland, sie wollte ihren Sohn nicht sehen, nicht wenn er tot war. Sie haute ab, einfach so. Überließ alles Jakes Familie, blickte nicht mehr zurück. Sah überhaupt nicht mehr klar, sondern durch einen panischen Schleier aus Angst. Vollgepumpt mit Beruhigungs- und Schmerzmitteln überstand sie den Flug. Und als sie am Flughafen in München ausstieg, wartete ihre Schwester auf sie. In der Hand hielt sie ein Baby, einen Jungen, ihren Jungen, dachte sich Patricia. Aber es war nicht ihr Toni. Es war ein anderes Baby, Patricia nahm es in den Arm und sah den Jungen an, der so ganz anders aussah als Jonas. Jonas hatte schwarze Haare und dunkle Haut wie sein Vater. Dieses Kind war bleich, aber nicht weniger süß. Sie sah ihre Schwester an, diese nickte. Patricia wusste das nicht zu deuten, doch sie schwieg, drückte das Baby an sich und nannte es nun Jonas.

Dann fuhren sie los und sagten allen, es wäre ihr Jonas. Sie hatte noch die Geburtsurkunde ihres Kindes bei sich, auch den Ausweis, alles ging so reibungslos und niemand zweifelte an der Herkunft des Kindes. Auch die Zeitungen schrieben nicht lange über den Fall, denn die echte Mutter des Jungen war offensichtlich drogenabhängig und eine schlechte Mutter gewesen. Patricia wäre eine bessere Mutter und würde es beweisen. Und so vergingen die Jahre, bis die wahre Mutter auftauchte und Patricia wieder fliehen musste. Organisiert war alles von ihrem Schwager worden, der sie beide verprügelt hatte, nachdem er die ganze Wahrheit erfahren hatte. Aber er half ihnen, denn sein Ruf als angesehener Hotelier war ihm wichtiger. Sie flog mit Jonas nach Lanzarote. Er ging dort auf eine deutsche Schule und alles spielte sich ein. Patricia schien wieder alles im Griff zu haben, aber nur nach außen. Sie nahm Antidepressiva, denn sie hatte riesige Angst davor, ihren Sohn erneut zu verlieren. Die Gedanken an ihren richtigen Sohn verschwammen und manchmal glaubte sie sogar, Jonas war gar nicht gestorben. Bis ihr die Bilder des Unfalls wieder vor Augen kamen. Das Blut, das Rauschen in den Ohren, die Stille danach. Dann fiel sie wieder in eine tiefe Trauer und in Depressionen. Aber sie glaubte fest daran, sie wäre eine gute Mutter. Dass sie Jonas wie ein rohes Ei behandelte, er nur Freunde nach Hause einladen durfte, aber nie jemand anderen besuchen durfte, war für sie kein Problem. Aber für Jonas natürlich. Doch sie war so sehr in ihrer Welt aus Tabletten gefangen, dass sie die Wahrheit nicht mehr sah.

Und dann kam der Angriff auf ihre Villa, der

nie aufgeklärt wurde. Wieder auf der Flucht. Doch diesmal wollte der Schwager sie bei sich haben und Patricia wusste sehr genau, warum. Schon immer flirtete er mit ihr, und nun zwang er sie zum Sex mit ihm. Er hatte immer Affären, aber die Macht, nun mit der jüngeren Schwester seiner Frau zu schlafen, war sein Höhepunkt. Er glaubte nicht, dass die Sache mit Jonas jemals aufgeklärt werden würde, deshalb wollte er sie auch im Ort haben, bei sich. Wie es zu dem schrecklichen Vorfall mit der wirklichen Mutter von Jonas kommen konnte, wusste sie nicht. Aber sie bemerkte, dass Jonas diese Frau in sein Herz gelassen hatte, und es schmerzte zwar, aber es erfüllte sie auch mit Stolz. Ihr Sohn war emphatisch, er setzte sich ein und das gefiel ihr. Sie nahm keine Tabletten mehr, deshalb sah sie nun auch vieles so viel Klarer.

Wieder zurück in der Villa

Jonas ließ die Waffe sinken, sackte zu Boden und weinte. Peter schnappte sich seinen Sohn und die Frau und stürmte aus der Wohnung. Hanke stand auf und kniete sich vor Jonas hin, nahm ihm die Waffe aus der Hand und setzte sich wieder zurück auf die Couch. Seine Mutter und er hatten einiges zu klären. Patricia kroch zu ihm und nahm ihn in den Arm. Er ließ es über sich ergehen. Sie weinten gemeinsam und Hanke sank auf der Couch zusammen. Die Waffe in seiner Hand war feucht vom Angstschweiß des Jungen – Sophias Jungen. Wie sehr tat ihm das alles leid.

Er beobachtete das Szenario zwischen Mutter und Sohn und er bereute so vieles so sehr. Dieser Junge war für sein Leben geschädigt, das alles hätte er verhindern können, wäre er damals, vor siebzehn Jahren nicht so ein Arschloch gewesen. Nun konnte er nur noch hoffen, der Junge würde irgendwann all das Elend seiner Herkunft verarbeiten können. Hanke stand auf und verließ den Raum. Der Geruch von Angst und Schweiß umgab ihn und er war froh, über die frische Luft, die er nun in sich einsog.

Der Brief an Jonas

Er lief, so schnell er konnte, solange wie seine Lungen es mitmachten, und heulte. Er hatte es doch schon so lange geahnt, so lange innerlich gewusst, dass etwas nicht stimmte. Er war sich sicher, die Frau war tot und er wusste, wer sie getötet hatte. *Wer war sie?* Er hielt den Zettel fest in seinen Händen, seine Anspannung und Neugier wuchs ins Unermessliche, doch er traute sich nicht, den Brief zu lesen. Sie hatte ihm den Zettel unauffällig in die Hand gelegt, dann war er gelaufen, zuerst nach Hause, dann einfach ins Blaue. Bis jetzt. Er sah zum Himmel, der Schweiß stand im auf der Stirn und er atmete schnell. Endlich beruhigte sich sein Puls wieder. Er war im Wald angekommen, keine Wanderer waren in Sicht, also ließ er sich zu Boden gleiten. Er legte sich mit dem Rücken auf das Moos, spürte die Sonnenstrahlen und den Zettel in seiner Hand. Kurz schloss er die Augen, um sich zu sammeln, bevor er den Brief lesen würde. Er konnte sich nicht vorstellen, was darin stand, und doch ängstigte er sich vor der Wahrheit, die unausweichlich war. Jonas begann endlich zu lesen.

Lieber Adam!

Ich weiß, du heißt nun Jonas, denn ich habe dich beobachtet, aber ich will dich Adam nennen, denn so ist dein richtiger Name. Ich bin deine Mutter, ich habe dich zur Welt gebracht, deine Geburt hat zwei Tage gedauert. Du wolltest einfach bei mir bleiben, ganz nah, das habe ich gespürt. Irgendwann aber warst du dann da und ich hielt dich in meinen Händen. Als ich dich zum ersten Mal sah, wusste ich, du bist ein besonderes Baby. Du hast mich gerettet, auch wenn das nicht deine Aufgabe war. Wir waren allein, immer schon. Es gab nur dich und mich, und das leider nur zehn Monate lang. Zehn Monate habe ich dich getragen, gefüttert, gewindelt, geliebt und getröstet. Wir haben oft lange Spaziergänge gemacht, wir haben gelacht und gesungen. Ich habe dich geliebt und nie aufgehört, dich zu lieben. Ich war drogenabhängig, aber ich habe dich nie allein gelassen, du warst nie traurig, ich war vielleicht keine Vorzeigemutter, aber ich war deine Mutter und wäre für dich gestorben. Als ich dich dann endlich, nach so vielen Jahren, gefunden habe, wollte ich die Bombe sofort platzen lassen. Aber du warst so jung, so glücklich und deine neue Mutter schien in Ordnung zu sein. Ich war mir plötzlich nicht mehr sicher, ob ich dein Leben zerstören wollte. Ich stellte meine Bedürfnisse zurück und beobachtete euch über Jahre. Es war schwer, weil ich im Rollstuhl saß, aber ich hätte für dich Berge versetzt. Irgendwann aber fiel mir auf, dass dein Leben nicht so perfekt war, wie es schien. Deine Mutter nahm Antidepressiva, sie isolierte dich, und so wollte ich dich nicht aufwachsen sehen. Als ich dann deine Tante und deinen Onkel sah, die so taten, als wäre alles in bester Ordnung, da knallten alle Sicherungen bei mir durch. Ich hatte eine Pistole, lernte über die Jahre sehr gut schießen und wollte euch Angst machen. Ich weiß bis heute nicht, wieso ich das tat. Aber es hatte einen guten Effekt, ihr seit zurück nach Deutschland gekommen und ich hatte es nun einfacher. Ich beschloss, dir die Wahrheit zu sagen. Und ich möchte, dass du weißt, was in der funkelnden Nacht vor so vielen Jahren wirklich passiert ist.

Die funkelnde Nacht, in der alles begann

Sophia, achtzehn Jahre alt

Sophia trat aus der Hütte im Wald, die Geräusche wurden leiser, die Musik erlosch, je weiter sie sich vom Tumult entfernte. Sie rückte die Trage, die sie auf dem Rücken trug, gerade. Das Kind war schwer geworden, und sie hatte Mühe, es die ganze Zeit zu schleppen. Sie taumelte durch das kleine Waldstück, bis sie auf der Schnellstraße ankam, die sie zurück in die Stadt bringen sollte. Eine Kleinstadt, mit ein paar Tausend Einwohnern, aber unweit von München entfernt. Doch dorthin zog es sie nicht mehr, nein, sie bekam alles, was sie brauchte, hier. Sie stand mitten auf der Straße, es war so hell, denn der Vollmond und der wolkenfreie Himmel erzeugten eine funkelnde Nacht. Millionen von Sterne schwebten über ihr. Sie drehte sich im Kreis, ihr Baby, der kleine Adam gluckste auf ihrem Rücken, wenn sie sich drehte. Es gefiel ihm, also tat sie es so lange, bis ihr schwindelig wurde. Sie war selbst noch ein halbes Kind, und doch hatte sie dieses riesige Baby aus sich herausgepresst. Er wog über vier Kilo bei der Geburt, was erstaunlich war, denn Sophia war ein zartes Wesen mit keinen fünfzig Kilo. Doch dieser kleine Kerl war stark, er würde überleben und die Menschheit verändern. Sophia spürte, wie die Kristalle, wie sie es nannte, wenn sie Crystal geraucht hatte, sich in ihrem Körper ausbreiteten und ihn warm und wohlig machten. Sie lachte, schrie vor Glück. Ein Glück, das nur dann bestand, wenn sie drauf war. Dann sah sie von Weitem die Strahler des Autos, auf das sie sehnlichst wartete. Eine Mutter mit Kind auf dem Rücken nahm fast jeder mit. Sie hatte seither keinerlei Probleme mehr, von A nach B zu kommen. Sie lebte noch nicht lange in dieser Stadt, sie kannte noch nicht viele Leute, aber sie war wegen Adam hierhergezogen. Als sie nach der Geburt clean war, wollte sie neu anfangen, doch auch hier gab es sie. Die Leute, die gefährlich für sie wurden. Drogenabhängige, junge Straßenkinder und Dealer. Sie war wieder rückfällig geworden, ihre Betreuerin hatte bisher nichts gemerkt, aber sie musste sich hüten, einen einzigen Fehler zu machen. Der Wagen kam immer näher und sie stellte sich an den Fahrbahnrand und hielt den Daumen nach oben. Bewusst stellte sie sich so hin, dass Adam gut zu sehen war. Der Wagen fuhr vorbei, eine blonde Frau saß darin, diese bremste ab und begaffte sie, als sie vorbeifuhr. Doch Sophia hatte Glück, der Mercedes hielt wenige Meter weiter an.

Überschwänglich rannte sie zum Wagen, öffnete die hintere Tür und grinste in den Wagen hinein. »Hallo! Danke! Nehmen Sie mich mit?«, rief sie freundlich, und die Dame nickte. Dann sah sie den Kindersitz im Auto und freute sich noch mehr.

»Darf ich meinen Kleinen in den Sitz setzen?«, fragte sie und die Dame nickte. Sie war sehr ruhig, aber das war Sophia egal.

»Wo willst du hin?«, fragte nun die Dame und sah ihr dabei zu, wie sie Adam den Gurt anmachte.

»Nach Bergfeld, hier einfach immer geradeaus«, sagte Sophia und setzte sich in den Wagen. Adam grinste, denn er war noch nie in so einem tollen Sitz Auto gefahren. Er war nun fast elf Monate ihr ständiger Begleiter und sie liebte ihn über alles.

»Sag einfach Bescheid, wenn du raus willst. Ich kenne mich hier nicht so aus«, Sophia nickte und schloss die Augen. Die halbstündige Fahrt würde sie wohl verschlafen, denn nun wirkte die Droge nicht mehr aufputschend, sondern einschläfernd. Ihr fielen die Augenlider zu.

Aber der Zustand des Friedens währte nie lange, denn nach wenigen Minuten schreckte sie hoch, wie immer, wenn sie auf Droge war. Sie fiel in einen kurzen, intensiven Schlaf, doch der dauerte nie länger als einige Minuten. Plötzlich und ängstlich riss sie die Augen auf, schaute zu ihrem Sohn, der inzwischen auch eingeschlafen war, und ihr Atem beruhigte sich langsam wieder. Sie sah gen Himmel und bestaunte die Sterne, die ihr als Kind immer beim Schlafen geholfen haben. Wenn sie allein in der Wohnung war, dann beobachtete sie vom Balkon aus die Sterne und fühlte sich geborgen. So wie jetzt, in diesem Moment im Wagen einer ihr fremden Frau. Sie war neunzehn Jahre alt, als ihr Leben eine Wendung einschlug, die sie nie für möglich gehalten hätte.

»Hier können Sie mich rauslassen.« Sie deutete auf eine Bushaltestelle vor dem Wald. Gegenüber befand sich eine Tankstelle. »Von *hier aus kann ich zu Fuß weiter«, erklärte sie. Und als sie die Scheinwerfer des weißen Mercedes davonflitzen sah, dauerte es einen winzigen Augenblick, ehe sie begriff, was geschehen war. Ihr Herz blieb für immer stehen. Adam! Er war noch im Wagen. Ihr wurde heiß, Hitze stieg ihr in den Kopf, Panik ummantelte sie. Wie vom Blitz getroffen, fing sie an zu laufen, die Frau musste es doch irgendwann bemerken. Sie musste doch umdrehen und ihr Adam wiederbringen. Doch sie drehte nicht um. Nicht eine Minute später und auch keine Stunde später. Denn sie drehte nie um.*

Nachdem Jonas den Brief gelesen hatte, zitterte er, verspürte Angst und Trauer, aber auch abgrundtiefen Hass. Er beschloss, es zu beenden: für immer.

Hankes Trauma

Hanke konnte seine Suche beenden, denn Adam, oder besser gesagt Jonas war gefunden. Sophia hatte ihm für wenige Minuten in die Augen sehen können. Sie hatte ihn beobachtet und letztendlich war sie es, die ihm die Wahrheit gesagt hatte. Hanke stand nun an Sophias Grab. Neben ihm stand Jonas, der auch bei der Beerdigung drei Monate zuvor dabei gewesen war. Sein Onkel saß in Untersuchungshaft und wartete auf seinen Prozess, denn er war es, der seinen *Gorilla* auf Sophia angesetzt hatte. Er hatte den Mord in Auftrag gegeben. Der *Gorilla* hatte sich abgesetzt und war noch auf freiem Fuß. Es wurde nach ihm gefahndet, aber Hanke war es am wichtigsten, dass Berger seine gerechte Strafe bekam. Seine Frau und seine Schwägerin warteten auch auf ihren Prozess, doch sie waren bis dahin auf freiem Fuß. Es bestand keine Fluchtgefahr und die Strafe würde vermutlich nicht zu hoch ausfallen. Es waren viele Jahre vergangen, Sophia war tot, der Sohn wohlauf. Hanke dachte noch oft an Sophia, so sehr hätte er sich gewünscht, sie könnte die

Jahre mit ihrem Sohn nun aufarbeiten, aber das war nicht möglich. Vielleicht war es sogar besser so. Sie war gestorben und wusste, ihr Sohn würde endlich die Wahrheit erfahren. Er gab sich an vielem die Schuld, er hatte versagt, an so vielen Stellen, aber am Ende war auch er nur ein Mensch. Ein Mensch, der falsche Entscheidungen traf, der verlor, der am Limit lebte.

Jonas war ein dankbarer, junger Mann. Er versuchte, sowohl seine Mutter zu verstehen und dennoch seine Vergangenheit aufzuarbeiten. Sein Abitur hatte er geschmissen und beschlossen, mit seiner Freundin und seinem besten Freund aus Lanzarote durch Europa zu touren. Auch der Cousin begleitete sie. Sie waren noch jung, irgendwann würden die Wunden heilen, auch wenn die Erinnerungen blieben. Sie hatten noch ein Leben vor sich, würden selbst Kinder bekommen, neue Sorgen würden die alten ablösen. Hanke war alt, grau und seelisch schwer krank.

Einige Monate später hielt er wieder eine Karte seiner Schwester in der Hand und wieder war ein Spruch darauf zu lesen.

Die Hoffnung, welche man selbst nie hatte, kann einem kein Mensch nehmen.

Hinten auf der Karte stand wie immer: *Alles Gute zum Geburtstag* und wieder schmiss er die Karte in den Mülleimer.

Während Jonas und die anderen Kids auf Europareise waren, ließ Hanke sich versetzen. Er wollte weg aus München, umziehen, neu beginnen. Er war über fünfzig, hoffte, in der Kleinstadt Passau auf ein ruhigeres, schöneres Leben. Obwohl er nicht daran glaubte, riskierte er die Versetzung. In Passau sollte er eine neue Cold-Case-Abteilung aufbauen und so tat er dies. Er packte seine Siebensachen und zog in das zweieinhalb Stunden entfernte Niederbayern. In diesem Moment ahnte er nicht, welche Herausforderungen dort auf ihn warten würden.

ENDE

Danke!

Vielen Dank an meine Leser und Leserinnen, denen ich hoffentlich schöne Stunden voller Spannung beschert habe.

Ein weiterer Dank gilt meiner Blogger-WG, die mich tatkräftig unterstützt und immer hinter mir steht.

Danke an meine Kollegen vom Autorensofa, die mir mit Rat und Tat zu Seite stehen, sei es beim Klappentext oder der Titelfindung.

Ein großes Dankeschön gilt meiner Cover-Designerin Mia-Leonie, die dieses Titelbild kreiert hat. Es ist eine Augenweide und ich freue mich immer noch über den Anblick.

Ein weiteres großes Dankeschön gilt meinem Lektor Andreas März, der das Werk geschliffen und großartige Arbeit vollbracht hat.

Letztendlich gilt der größte Dank meiner Familie, die immer hinter mir und meinen Büchern steht.

Ihr wollt erfahren, wie es mit Hanke weitergeht? Dann lest weiter, es folgt eine Leseprobe zu „Todespaar“,

Euch interessiert die Geschichte zu Stefanie, Emilia und Horst? Dann ist die Dreiflüsse-Krimi-Reihe genau die Richtige. Mit Mordsgeheimnis, Mordsvertrauen, Mordseifersucht und Mordsverlust werdet ihr Teil der Dreiecks Beziehung dieser Ermittler. Es warten vier spannende und aufwühlende Fälle auf euch.

Leseprobe zu „Todespaar“:

Auf leisen Sohlen schlich sie durch das fremde Haus. Bei jedem Laut zuckte sie zusammen, obwohl die Geräusche offensichtlich von draußen vom Gewitter her kamen. In der Villa war es totenstill, was makaber war, denn bald würde der Tod über die schlafenden Personen herfallen und sie für immer zum Schweigen bringen. Denn sie war ihr TOD.

Von außen kannte sie das Haus gut, hatte sie es doch monatelang beobachtet. Das schillernde Ärztepaar Edwin und Elvira Altendorfer und deren Tochter Pia, die nicht nur wunderschön, sondern auch ehrgeizig und fleißig war. Laut der Homepage ihrer Schule war sie Klassenbeste.

Jetzt aber, während sie die Treppe nach oben schlich, vorsichtig einen Schritt nach den nächsten nahm, um ja kein Geräusch zu verursachen, dachte sie nicht über solch Belangloses nach. Ihr Körper war angespannt, sie spürte jeden Muskel in sich und blendete alles aus, was sie ablenken könnte. Die Bilder an der Wand neben der Treppe ignorierte sie, denn sie durfte nicht weich werden.

Ihr Puls schlug heftig in ihrem Hals, als sie die Tür zum Schlafzimmer öffnete, die sie sofort als diese identifizierte, da das Schnarchen unüberhörbar war. Edwin und Elvira waren betrunken, zuvor hatten sie mit Freunden im Garten gefeiert, jetzt wartete nur noch der Tod auf sie.

Ein kleines, gedimmtes Nachtlicht erhellte das Schlafzimmer. Minutenlang stand sie vorm Bett des Ehepaares, das nur die Sonnenseite des Lebens kannte. Der Schmerz war ihnen stets verborgen geblieben, sie waren gesegnet mit Glück, Geld und einer Tochter und dennoch schätzten sie das Leben nicht. Obwohl sie reich, erfolgreich und gesund waren, machten sie andere krank. Sie dachten nicht weiter über ihr Handeln nach und taten alles, um noch reicher zu werden. Menschen wie sie, verspotteten Menschen wie die Frau, die ihnen nun so nah war, und sie ahnten ihre Anwesenheit nicht einmal.

Das Messer hielt sie fest umklammert und sie trat leise von einem Bein aufs andere. *Wie würde es sich wohl anfühlen, zu töten?*

Eine plötzliche Bewegung ließ sie erstarren, einen Schritt zurückweichen und zwang sie, sich schnell zu entscheiden. Der Mann schnarchte noch tief und fest, aber die Frau drehte sich auf den Rücken. Nun konnte sie ihr direkt ins Gesicht sehen. Ohne nochmal darüber nachzudenken, trat sie direkt ans Bett heran, hob den Arm und stach zu, direkt in den Hals dieser Schlampe, die ihr Leben zerstört hatte und jetzt die Augen aufriss, sie anstarrte und sie sofort erkannte.

Sie zog das Messer heraus und spürte, wie es mühelos durchs Fleisch glitt. Das Blut spritzte aus der Wunde im Hals und verteilte sich auf der Bettdecke. Die Augen starrten sie immer noch an, allerdings waren sie tot.

Ihr Atem ging schneller, sie atmete ein und aus, wich zurück und versuchte die Panik zu unterdrücken, die sie langsam aber sicher überkam. Dann fiel ihr auf, dass das Schnarchen nicht mehr zu hören war. Sie zog die Luft ein, während Ihr Blick wanderte und ihr Kopf sich drehte. Das Bett war leer. Poch. Poch. Poch. Ihr Puls. Ihr Herz. Alles in ihr raste, nur sie konnte sich nicht bewegen. Ihr Blick fing den Ehemann ein, der in Unterhose vor dem Schrank neben dem Bett stand und auf die Leiche seiner Frau starrte. Wie eine Erscheinung stand er mit offenem Mund da und war noch immer sturzbetrunken. Diesen Moment musste sie ausnutzen, endlich handeln, denn gegen diesen Mann hätte sie auch mit dem Messer keine Chance. Doch jemanden direkt in die Augen zu blicken und anzugreifen, war etwas vollkommen anderes, als auf ein wehrloses, schlafendes Opfer einzustechen. Langsam traf sie sein fragender Blick.

„Sind sie verrückt geworden!“ Das war keine Frage, sondern eine Feststellung. Und erneut blendete sie ihr altes Ich aus und sprang auf den Kerl zu, wollte ihm das Messer in den Bauch rammen, doch sie wurde abgeschmettert. Die Waffe fiel ihr aus der Hand und sie selbst ging zu Boden. Ächzend rappelte sie sich auf und wich zurück. Sie schaffte es bis zur Treppe, lief die Stufen nach unten, hörte die Schritte hinter sich. Panisch eilte sie durchs Wohnzimmer, sah in Richtung Küche, die sie von der Haustür trennte. Und dann wurde sie erneut zu Boden gerissen. Unsanft schlug sie auf den Dielen auf, auch ihr Angreifer war zu Fall gekommen. Mit den Füßen trat sie ihm gegen sein Gesicht, er schrie auf, packte sie am Knöchel, aber sie gab nicht auf. Sie wollte ihn töten, oder er sollte sie töten, dazwischen gab es nichts.

Ihre wahllosen Fußtritte zeigten schließlich doch Wirkung, sie konnte sich von seinem Griff befreien, sprang auf und lief in die Küche. Der Messerblock stand wie die Hand Gottes vor ihr und sie zog eins der Messer heraus. Im nächsten Augenblick spürte sie einen festen Griff an ihrer Schulter. Hektisch drehte sie sich um und schnitt dem Mann in die Wange, sodass seine Brille zu Boden fiel

„Ahhh!“ Er hielt sich die Hand ans Gesicht, bückte sich, um die Brille aufzuheben und sie stach ihm mit dem Messer in den Rücken. Er fiel auf die Knie und sie stach weiter auf ihn ein, unzählige Male, so lange bis er kein Zucken mehr von sich gab und vor ihr zusammenbrach. Erst jetzt bemerkte sie, dass sie schrie und weinte und ließ sich neben Edwin Altendorfer zu Boden gleiten. Sein Blut verteilte sich überall, auf ihr, um sie herum, aber sie konnte nicht anders, als sich auf den Rücken zu legen und einen Moment durchzuatmen.

Was hatte sie nur getan? Was hatte sie nur getan? Ein Gefühl von Ohnmacht übermannte sie, trieb sie an den Rand des Wahnsinns, als sie aus der Villa stürmte, ausrutschte, wieder aufstand, rannte. Ihre Spuren waren überall, denn obwohl sie Handschuhe trug, wären ihre Schuhabdrücke im Blut, im Haus, vermutlich sämtliche Hautschuppen überall verteilt. Es hätte alles ganz anders kommen sollen, und doch waren die Ärzte tot. Die Ärzte, die ihr Leben zerstört hatten und egal ob sie im Gefängnis landete oder nicht, es war es wert gewesen. Als sie Minuten später in ihrem Auto saß, legte sie den Kopf auf das Lenkrad und weinte, nicht um die Ärzte, sondern um ihr Kind.

Printed in Poland
by Amazon Fulfillment
Poland Sp. z o.o., Wrocław

79045881R00106